主编 丁帆 王尧

# 城市是件花衣裳

张小虹 著

译林出版社

图书在版编目（CIP）数据

城市是件花衣裳 / 张小虹著. —南京：译林出版社，2019.7

（大家读大家 / 丁帆，王尧主编）

ISBN 978-7-5447-7766-7

I. ①城… II. ①张… III. ①张爱玲（1920—1995）- 小说 - 电影改编 - 研究②鲁迅小说 - 小说评论③金庸（1924—2018）- 侠义小说 - 小说研究 IV. ①I207.42 ②I210.97

中国版本图书馆 CIP 数据核字（2019）第 088235 号

本书受“南京大学人文社科资助项目”资助。

**城市是件花衣裳　张小虹 / 著**

主　　编　丁　帆　王　尧
策　　划　江苏明哲文化发展有限公司
责任编辑　彭　波
装帧设计　周伟伟
校　　对　季林巧
责任印制　颜　亮

出版发行　译林出版社
地　　址　南京市湖南路 1 号 A 楼
邮　　箱　yilin@yilin.com
网　　址　www.yilin.com
市场热线　025-86633278
排　　版　南京展望文化发展有限公司
印　　刷　中华商务联合印刷（广东）有限公司
开　　本　850 毫米 ×1168 毫米　1/32
印　　张　7.5
插　　页　4
版　　次　2019 年 7 月第 1 版　2019 年 7 月第 1 次印刷
书　　号　ISBN 978-7-5447-7766-7
定　　价　45.00 元

# 序

丁帆 王尧

在2017年的文化生活中，“大家读大家”无疑是关键词之一。我们和明哲文化公司策划的“大家读大家”丛书第一辑出版，有效促进了文学领域的“全民阅读”。这一辑中最早出版的毕飞宇《小说课》一时风生水起，随后出版的李欧梵、张炜、马原、苏童、叶兆言、王家新等诸位大家的作品与之相呼应，成为2017年的一道风景线。在这非凡气象的背后，我们又紧锣密鼓地策划了现在读到的“大家读大家”丛书第二辑。

“大家读大家”丛书的策划包含着这样两层涵义：邀请当今的人文大家（包括著名作家、某个领域内的专家）深入浅出地解读中外大家的名作；让大家（指普通阅读者）来共同分享大家的阅读经验。前一个“大家”放下身段，为后一个“大家”做普及与解惑的工作，这种互动交流的目的，就是想让两个“大家”来合力推动当下的“全民阅读”，使其朝着一个既生动有趣，又轻松愉悦获得人文核心素养的轨道前行。

在我们儿时并不丰富的阅读记忆中,《十万个为什么》或许是最重要的一套书。我们在轻松、愉悦的阅读中获得了一些科普常识,萌生了探究世界的好奇心,潜移默化养成了我们看世界的视角。这是曾经的“大家”读“大家”的历史。我们常与一些作家、批评家同仁闲聊,谈起为普及科普知识,一些科学家绞尽脑汁地为非专业读者和中小学生写书但并不成功的例子,很是感慨。究其缘由,我们猜度,或许就是长期以来我们培养的科学家缺少人文素养的熏陶和写作技巧的训练,理性思维发达,感性思维欠缺,甚而缺少感性表达方式。没有自己的语言表达方式或者无法表达自己,是一种很大范围的文化危机。究其原因,多年来文学教育的缺失是其一,没有诗和远方,国民整体文学素养凝滞,全社会人文素质缺失。这是当下亟待克服的文化危机。

我们也在这样的危机中,又心怀拯救危机的理想抱负。百无一用是书生,但书生有书,读书,写书。倘若中国当下杰出的人文学者,首先一流作家和从事文学研究的专家学者,换一种思维方法和言说方式,重返文学作品的历史现场,用自身心灵的温度和对文学的独特理解来体贴经典、触摸经典、解读经典,或许会奏出不同凡响的音符;在解读经典的同时,呈现自己读书和创作中汲取古今中外文史哲大家写作营养的切身感受,为最广大的普通作者提供一种阅读的鲜活经验……如此这般,作者和读者岂不快哉!于是,我们试图由文学阅读开始,约请创作领域里的著名作家和艺术家以及文史哲艺学科门类术业有专攻的优秀学者,分别撰写他们对古今中外名家名著的独特解读，以期与广大的读者诸君携手徜徉文化圣殿，去浏览和探究中国和世界瑰丽的文化精神遗产。

已经与大家见面的丛书第一辑，是一批当代著名作家的读书笔记或讲稿的结集。无疑，文学是文化最重要的基石，一个国家和民族可以缺少面包，但是不能没有文学的滋养。文学作为人们日常精神生活不可或缺的人文营养补给，是人之生存和持续发展的精神食粮。作为专家的文学教授对古今中外名著的解读固然很重要，但是，在第一线创作的作家们对名著的解读似乎更接地气，更能形象生动地感染普通的读者与大中小学的学生——这是我们首先推出当代著名作家读大家的文稿的原因。

如今，许多大学的文学院或中文系都相继引进了一批知名作家进入教学科研领域，打破了“中文系不是培养作家的摇篮”的学科魔咒。在大学里的作家并非只是学校的“花瓶”，他们进入课堂的功能何在？他们会在什么层面上改变文学教育的现状？他们对于大学人文教育又有什么样的意义？这些都是绕不过去的问题。其实，这是中国现代大学的一个传统，我们熟悉的许多现代文学大家同时也是著名大学的教授。这一传统在新世纪得以赓续。十年前复旦大学中文系引进王安忆做创作专业教授的时候就开始尝试曾经行之有效的文学教育模式。近些年许多大学聘任驻校作家；北京师范大学成立了由诺贝尔文学奖得主莫言主持的国际写作中心；苏童调入北师大，阎连科、刘震云、王家新等也进入中国人民大学文学院。

在策划这套丛书的过程中，我们首先做了一个课堂实验，在南京大学请毕飞宇教授开设了一个读书系列讲座，他用自己独特的感受去解读中外名著，效果奇好。毕飞宇的课堂教学意趣盎然、生动入微，看似在娓娓叙述一个作家阅读文本时的独特感知，殊不知，其中却蕴涵了一种从形下到形上的哲思。他开讲的第一篇就是我们几代人都在初中课本里读过学过的名作《促织》，这个被许许多多中学、大学教师嚼烂了的课文，却在他口吐莲花的叙述中画出了一道独特的绚丽彩虹，讲稿甫一推出，就在腾讯网上广泛传播。仔细想来，这样的文本解读不就是替代了我们大中小学师生们都十分头疼的写作课的功能吗？不就是最好的文学鉴赏课吗？我们的很多专业教师之所以达不到这样的教学效果，最根本的原因就是他们只有生搬硬套的“文学原理”，而没有实践性的创作经验，敏悟的感性不足，空洞的理性有余，这显然是不能打动和说服学生的。反观作为作家的毕飞宇教授的作品分析，更具有形下的感悟与顿悟的细节分析能力，在上升到形上的理论层面时，也不用生硬的理论术语概括，而是用具有毛茸茸质感的生动鲜活的生活语言解剖经典，在审美愉悦中达到人文素养的教化之目的。这就是我们希望在创作第一线的作家也来操刀“解牛”的缘由。

丛书第一辑的作者，都是文学领域的大家。马原执教于同济大学，他在课堂上解读外国作家经典，讲稿出版后深受广大读者的欢迎。还有王安忆和阎连科也是如此。这两位作家的书稿原本也在第一辑出版，因为体例和内容原因，王安忆老师的书稿由人民文学出版社另行出版了。阎连科在当代作家中是个“异数”，他的小说和散文，都以独特的方式创造了另一个“中国”。如果读者听过阎连科的演讲，就知道他是在用生命拥抱经典之作。他对世界文学经典的解读另辟蹊径，尊重而不迷信，常有可圈可点之处。我们期待有机会出版阎连科的文稿。哈佛荣休教授李欧梵先生，因学术的盛名，而使读者忽视了他的小说家、散文家的身份。李欧梵教授在文学之外，对电影、音乐艺术均有极高的造诣，其文字表达兼具知性与感性。收录在丛书中的这本书，谈文学与电影，别开生面。张炜从九十年代开始就出版了多种谈中国古典、现代文学，谈外国文学，尤其是俄罗斯文学的读书笔记，他融通古今，像融入野地一样融入经典之中，学识与才情兼备。才华横溢的苏童，不仅是小说高手，他对中外小说的解读细致入微，以文学的方式解读文学，读书笔记如同他的小说散文一样充满了诗性。叶兆言在文坛崭露头角之时，就是公认的学者型作家，即便置于专业人士之中，叶兆言也是饱学之士。叶兆言在解读作家作品时的学养、识见以及始终弥漫着的书卷气令人钦佩。王家新既是著名诗人，亦是研究国外诗歌的著名学者，他用论文和诗歌两种形式解读国外诗人，将学识、情怀与诗性融为一体。我们这些简单的评点，赢得了读者的认同。我们将陆续推出当今著名作家解读中外大作家的系列之作，以弥补文学阅读中理性分析有余而感性分析不足的遗憾，让更多的普通读者也能从删繁就简的阅读引导中走进文学的殿堂。

我们现在读到的“大家读大家”丛书第二辑，收录了夏志清、王德威、白先勇、宇文所安、孙康宜、胡晓真、田晓菲、张小虹几位大家的书稿。他们无论身份是作家、学者，还是学者兼作家，几乎都是文章高手。用英文写作的宇文所安，是海外研究中国文学的大家，在他即将从哈佛大学荣休之际，出版他的大作，也是向他致敬的一种方式。值得注意的是，白先勇先生、胡晓真女士、张小虹女士，他们或有祖国宝岛台湾的生活经历，或长期在台湾的研究机构和大学从事教学研究，一样的母语写作，但有不完全一样的表达。彼岸学者、作家的阅读经验和修辞方式，自然而然丰富了我们汉语的表达。夏志清、王德威、孙康宜（她的部分文章是英文撰写）、田晓菲兼具中国文化和西方文化的背景，他们的阅读和写作，为我们提供了多元文化背景的参照。无疑，不少从事文学研究的学者也擅长生动的语言表达，他们对中外著名作家作品的解读在文学史的定位上更有学术的权威性，这类大家读大家同样是重要的。但我们和广大读者一样，希望看到的是他们脱下学术的外衣，放下学理的身段，用文学的语言来生动地讲解中外文学史上的名人名篇。

即将出版的“大家读大家”丛书第三辑，内容集中在外国文学。在解读世界文学名人名篇之时，我们不但约请学有专攻的外国文学的专家学者执牛耳，还将倚重一批著名的翻译大家担当评价和解读名家名作的工作，把他们请进了这个大舞台，无疑是给这套丛书增添了一道亮丽的风景线。新文学百年来翻译的外国作家作品可谓是汗牛充栋，但是，我们的普通阅读者由于对许多历史背景知识的欠缺，很难读懂那些皇皇的世界名著所表达的人文思想内涵，在茫茫译海中，人们究竟从中汲取到了多少人文主义的营养呢？抱着传播世界精神文化遗产之目的，我们在“大家读大家”丛书里将这一模块作为一个重头戏来打造，有一批重量级的学者和翻译大家做后盾，我们对此充满信心。

近几十年来，许多史学专家撰写出了像黄仁宇《万历十五年》那样引起了广大普通读者热切关注的历史著作，用生动的散文笔法来写历史事件，此种文章或著作蔚然成风，博得了读者的喝彩，许多作家也参与到这个行列中来，前有余秋雨的文化大散文《文化苦旅》，后有夏坚勇的历史大散文《湮没的辉煌》和《绍兴十二年》。我们试图在这套丛书中倡导既不失史实的揭示与现实的借镜功能，又有笔墨生动和匠心独运的文风，让史学知识普及在趣味阅读中完成全民阅读的使命。这同样有赖于史家和作家们将春秋笔法融入现代性思维，为我们广大的普通读者开启一扇窥探深邃而富有趣味的中外历史的窗口，从中返观历史真相、洞察人性沉浮，在历史长河中汲取人文核心素养。

哲学虽然是一个枯燥的学科，但它又是一个民族人文修养的金字塔，怎么样让这个可望而不可即的灰色理论变成绿叶，成长在每个读者的心头呢？这的确是一个难题，像六七十年前艾思奇那样的普及读本显然已经不能吊起当代读者的胃口了。我们试图约请一些像周国平那样的专家来为这套丛书解读哲学名家名作，找到一条更加有趣味的解读深奥哲学的快乐途径，用平实而易懂的解读方法将广大读者引入中国哲学和西方哲学名人名著的长河中，让国人更加理解哲学与人类文化休戚相关的作用，从而对为什么要汲取人文素养有一个形而上的认知，这恐怕才是核心素养提升的核心内容所在。

艺术本身就是有直观和直觉效果的学科门类，同时也是拥有广大读者群的领域，我们有信心约请一些著名的专家与创作大家共同来完成这一项任务，我们的信心就在于许多作者都是两栖人物——他们既是理论家，又是艺术家，在美术、书法、音乐、舞蹈、戏剧、电影、电视等艺术门类里都有深厚的人文学养和丰富的创作经验。

“大家读大家”丛书的策划、写作和出版，是一个长期而艰巨的工程，我们将用毕生的精力去打造它。我们希望这套丛书成为我们民族人文核心素养提升的一个大平台，为普及人文精神开辟一条新的航道。

非常感谢译林出版社和明哲文化公司为“大家读大家”第二辑所付出的心血，使得本丛书顺利出版，以飨读者。

向写作的大家致敬！

向阅读的大家致敬！

# 目录

# 恋物张爱玲：
# 性、商品与殖民迷魅

大三那年，由永和搬回复兴北路旧眷村改建的住宅，老邻居多还在，但对着十四层的电梯大厦，总有着脚踏不着实地的戚然。地方还是老地方，却寻不着任何可以拴牵记忆之处，整个人飘忽如游魂。在这个错愕的异质空间里，我在家的遗迹之上又有了家。

从小没搬过家，鸡犬相闻的窄窄巷道，村子的老树与夏日沉沉的草地，曾经恍惚以为这就是天长地久的地方，而第一次搬出去就五六年，改建好搬回来的时候，一切都变了，母亲过世，我也由懵懂的小女孩变成了有模有样的大学生。

搬出搬进之间，被迫丢了不少东西，但有只盒子却是在搬回来后的半年才丢的。盒子里装着两件小时登台表演的芭蕾舞衣，一件用金葱布和黄褶纱做的，记得是跟秋天落叶有关的舞码，另一件是紫缎上缀着珠花亮片配紫纱裙，跳什么早忘了。来来回回舍不得丢，但真的是爬满虫子了。有日心一横，叫妹妹顺手带到楼下去。

总是在这种时候记起张爱玲。当华服变缊袍、陈丝如烂草，涌起郁郁苍苍的身世、母亲与耽溺，或许就是我“恋物”张爱玲的情结所在，而今要用典雅端庄、正经八百的论文形式处理的，其实也正是千丝万缕却欲解还结、死缠烂打依旧死心塌地的心理纠结，是张爱玲，也是我的“恋物”。恋物不就是一种“患得患失”吗？拥有时怕失落，而只有不断的失落才可印证曾经拥有。恋物不也是一种“幻得幻失”吗？“幻”影的“幻”，“如梦幻泡影，如露亦如电”的“幻”。恋物当然更是一种“换得换失”，是置移、替代与否认的心理机制，从来就不曾失落过，只因从来就不曾拥有过。

在下面如恋人絮语般的长篇大论中，我将有样学样于另一位女性主义学者寄深情于学术。（哪个写女人的女人不自恋？）托里尔·莫依在写《西蒙娜·德·波伏瓦》一书时，刻意回避了“传记 vs. 文本”的二元对立。对她而言，“她留给我们有关小说、哲学、自传和书信文本的交互指涉网络，正是我们的西蒙娜·德·波伏瓦”，在此主体性与“文本性”相互叠合交织、相互建构形塑。因此下面讨论的张爱玲，将包含各种文本与社会、文化脉络文本，有小说、散文、评论、剧本、照片、书信等，我们的张爱玲依旧是一个未曾终始的文本。

在理论架构上，将以“恋物”与“恋物化”为主，借力（后）

殖民研究的“殖民凝物”。总而言之，写张爱玲恋物的论文，既该有情书的缠绵，也该有小报的耸动，在东家长、西家短的碎嘴聒噪中，牵肠挂肚、绘声绘影我们的张爱玲。

## 华洋杂处：异国情调与殖民凝物

张爱玲所处“华洋错综、新旧掩映”的上海与香港似乎也该有更多历史的阴影、殖民的焦虑杂糅其中，使其恋物更具权力、欲望、性 / 种族 / 肤色 / 阶级差异的穿刺。此部分便将以（后）殖民研究的角度切入，将恋物在性别政治化之余，也种族 / 文化政治化一番。

其实英文 fetish 的字源，不仅在文化人类学研究中可上溯灵石、符物，更可在历史发展上追溯到西方殖民帝国主义之发轫期。fetisso 最早乃为葡萄牙人的贸易术语，是欧洲人与非洲人交易时用以起誓成交的信物，而此 African fetish 更在日后以其独特之魔魅席卷欧洲，转而成为表现非洲原始蛮荒的美学符征，而此“美学化”的过程背后却又是一页页血泪斑驳的奴隶贩卖殖民史。英国艺术史家哈尔·弗斯特就曾以十七世纪荷兰静物画为例，谈论艺术呈现的恋物结构。画中丰盈之展示器物，既魔魅又可即，神灵活现地摆荡在生物—非生物之幽冥，出现一种“诡异的生动”与“死寂的悬止”。这些“超自然”之物既有绘画上的价值，也栩栩如生地带出所呈之物的商品价值，成为荷兰帝国主义与殖民市场的提喻举隅。我将从弗斯特此种融合弗洛伊德与殖民研究，先切入张爱玲笔下的东方主义式凝视与器物表呈，再进一步探讨其中对文化、种族与肤色差异的“殖民凝物”，最后将以洋人／混血／洋派的人来分别谈论张笔下新旧与华洋的排比转换。

首先，“东方主义”一词为爱德华·萨义德援引并发展为西方帝国主义的基本心理机制，在“东方主义式的凝视”之下，西方看不见东方，只看见自己欲望投射出去、结合了“异国”与“异色”的东方色彩；或用弗朗茨·法农在另一个种族殖民架构（黑白冲突）中所用的“文化木乃伊化”来说，殖民凝视便是在视觉快感中，将他者客体化与置固化，此种“他者的西方恋物化”，便是将第三世界活生生的现实与现状化为神秘之本资或僵止置固在幽邈的古代。

像《鸿鸾禧》里描绘玉清与大陆结婚的礼堂，其富丽堂皇之装饰完全投合了外国人的东方色彩：

> 广大的厅堂里立着朱红大柱，盘着青绿的龙；黑玻璃的墙，黑玻璃壁龛里坐着的小金佛，外国老太太的东方，全部在这里了。其间更有无边无际的暗花北京地毯，脚踩上去，

虚飘飘地踩不到花，像隔了一层什么。整个的花团锦簇的大房间是一个玻璃球，球心有五彩的碎花图案。客人们都是小心翼翼顺着球面爬行的苍蝇，无法爬进去。

但真正诡异的是，这花团锦簇的大房间不是外国老太太的东方幻象，而是十里洋场上海都会的结婚厅堂，这虚实真幻间仿佛时间凝止，空间错置，已被殖民凝视“钉死”的东西又借尸还魂，这种视觉的精神分裂与错乱，正是既可用中国人的眼看外国人，又可用外国人的眼看中国人的“文化混血儿”张爱玲的长处与苦恼。一方面她对炎樱说过，“像我们都是在英美的思想空气里面长大的，有很多的机会看出他们的破绽”(《双声》)，另一方面她觉得用洋人的眼睛看中国也不失趣味：

用洋人看京戏的眼光来看看中国的一切，也不失为一桩有意味的事。头上搭了竹竿，晾着小孩的开裆裤；柜台上的玻璃缸中盛着“参须露酒”；这一家的扩音机里唱着梅兰芳；那一家的无线电里卖着癞疥疮药；走到“太白遗风”的招牌底下打点料酒——这都是中国，纷纭，刺眼，神秘，滑稽。(《洋人看京戏及其他》)

当然张爱玲不是不知道即便是最天真烂漫的殖民帝国凝视，都有其权力压迫的脉络可循，但她多半以轻描淡写的趣味一笔带过：

> 有个外国姑娘，到中国来了两年，故宫，长城，东方蒙特卡罗，东方威尼斯，都没瞻仰过，对于中国新文艺新电影似乎也缺乏兴趣，然而她特别赏识中国小孩，说："真美呀，尤其是在冬天，棉袄，棉裤，棉袍，罩袍，一个个穿得矮而肥，蹒跚地走来走去。东方人的眼睛本就生得好，孩子的小黄脸上尤其显出那一双神奇的吊梢眼的神奇。真想带一个回欧洲去！"
>
> 思想严肃的同胞们觉得她将我国未来的主人翁当作玩具看待，言语中显然有辱华性质，很有向大使馆提出抗议的必要。爱说俏皮话的，又可以打个哈哈，说她如果要带个有中国血的小孩回去，却也不难。(《道路以目》)

因此，张爱玲对帝国殖民主义的反思，不在于义正辞严的反霸反帝，而在于呈现殖民主体（包括外国人、混血儿、中国人）本身内在的精神分裂与不稳定性，尤其是文化融合的"叠影"。

这种"叠影"（帝国凝视下影像的分裂与双重），就像是薇龙在第一次造访姑妈"皇陵"宅院时所见到的自己：

> 从走廊上的玻璃门里进去是客室，里面是立体化的西式布置，但是也有几件雅俗共赏的中国摆设，炉台上陈列

着翡翠鼻烟壶与象牙观音像，沙发前围着斑竹小屏风，可是这一点东方色彩的存在，显然是看在外国朋友们的面上。英国人老远的来看看中国，不能不给点中国给他们瞧瞧。但是这里的中国，是西方人心目中的中国，荒诞，精巧，滑稽。

葛薇龙在玻璃门里瞥见她自己的影子——她自身也是殖民地所特有的东方色彩的一部分，她穿着南英中学的别致的制服，翠蓝竹布衫，长齐膝盖，下面是窄窄的裤脚管，还是清朝末年的款式；把女学生打扮得像赛金花模样，那也是香港当局取悦欧美游客的种种设施之一。然而薇龙和其他的女孩子一样爱时髦，在竹布衫外面加上一件绒线背心，短背心底下，露出一大截衫子，越发觉得非驴非马。(《第一炉香》)

纷纭、刺眼、神秘、荒诞、精巧、滑稽，桌上的中国摆设是专为了满足外国人的异国情调，正如同薇龙身上的赛金花打扮，也是为了投合欧美游客的东方色彩，似乎突然间屋子与身体都成了殖民凝视下的皇陵、博物馆与活人蜡像馆，一种借尸还魂的恋物凝止却又触手可及，莫怪乎阴森而又诡谲。

这里的“叠影”表呈了薇龙如何清楚意识到自己被观看的方式，以及殖民凝视是如何穿透并建构其主体性，而张爱玲笔下更复杂的“叠影”，则出现在留过洋、喝过洋墨水的洋派角色身上。像《红玫瑰与白玫瑰》里带着“外国式的俗气”的振保，在带着异味的巴黎妓女身上受了惊吓，“眼睛是蓝的吧，但那点蓝都蓝到眼下的青晕里去了，眼珠子本身变了透明的玻璃球。那是个森冷的，男人的脸，古代的兵士的脸”，便转而结识混血姑娘玫瑰，新加坡华侨娇蕊，最后仍选择了道地乖顺却乏味的中国姑娘烟鹂为妻。而《金锁记》里的童世舫则更直截了当地想从长安的身上，找到故国姑娘楚楚可怜的韵致，但终究迷思变梦魇：“卷着云头的花梨炕，冰凉的黄藤心子，柚子的寒香……姨奶奶添了孩子了。这就是他所怀念着的古中国……他的幽娴贞静的中国闺秀是抽鸦片的！”假若世舫的落寞在于真相之难以忍受，那他的难堪难道不更在于内化了东方情调与殖民凝视的留洋之人回返寻梦于古中国之绮丽遐思吗？这反讽与无奈间，又道出了多少在现代化过程中剪不断理还乱的殖民心理纠结。

而此现代化过程中的旧 / 新中国，却时时配搭着帝国殖民权力排比下的华 / 洋杂处，往往透过对旧物 / 新物之迷恋、老派 / 洋派之对比，而有不同殖民心理层次的翻转。像《留情》中留过学的米先生，常常忆及“老式留声机的狗商标，开了话匣子跳舞，西洋女人圆领口里腾起的体温与气味”，而小说里新派的杨家，则早在杨太太的公公手里就作兴念英文、进学堂，“杨太太的丈夫刚从外国回来的时候，那更是激烈。太太刚生了孩子，他逼着她吃水果，开窗户睡觉，为这个还得罪了丈母娘。杨太太被鼓励成了活泼的主妇，她的客厅很有点沙龙的意味，也像法国太太似的有人送花送糖，捧得她娇滴滴的”。在这个新派的家庭里，就连老太太阴阴不开窗的房间，除了烟铺外也塞满了“灰绿色的金属品写字台，金属品圈椅，金属品文件高柜，冰箱，电话；因为杨家过去的开通的历史，连老太太也喜欢各色新颖的外国东西”。又像《鸿鸾禧》中在美国得过学位的娄嚣伯，常爱翻阅旧的《老爷》杂志，“美国人真会做广告。汽车顶上永远浮着那样轻巧的一片窝心的小白云。‘四玫瑰’牌的威士忌，晶莹的黄酒，晶莹的玻璃杯搁在棕黄晶亮的桌上，旁边散置着几朵红玫瑰——一杯酒也弄得它那么典雅堂皇”。嚣伯的商品拜物，既是由抹去了劳动痕迹的广告所召唤，也是混杂了崇洋与阶级品位之心理向往。

这种对洋化的投射与向往有时更直接以对外国女人之迷恋表达之。像《年轻的时候》里读医科的潘汝良，不由自主地勾画出一个外国人脸的侧影，“没有头发，没有眉毛眼睛，从额角到下巴，极简单的一条线，但是看得出不是中国人——鼻子太出来了一点。汝良是个爱国的好孩子，可是他对于中国人没有多少好感。他所认识的外国人是电影明星与香烟广告肥皂广告俊俏大方的模特儿，他所认识的中国人是他父母兄弟姊妹”。所以日后汝良为恋爱而恋爱的对象，便是俄国女子沁西亚，只因她似乎允诺了汝良投射出的新世界：

> 路上经过落荒地带新建的一座华美的洋房，想不到这里的无线电里也唱着绍兴戏。从妃红蕾丝窗帘里透出来，宽亮

> 的无表情的嗓子唱着“十八只抽斗”……文化的末日！这么优美的环境里的女主人也和他母亲一般无二。汝良不要他母亲那样的女人。沁西亚至少是属于另一个世界里的。汝良把她和洁净可爱的一切归在一起，像奖学金、像足球赛、像德国牌子的脚踏车、像新文学。(《年轻的时候》)

但如果面对抉择的是两个截然对立的世界，旧的中国与新的西方，那就算痛苦挣扎也还是可以孤注一掷的。然而张爱玲笔下的殖民纠结,却正在于此二者的掺杂混糅，洋房里听绍兴戏。所以我不赞同以烟铺上的父亲与留洋的母亲来强行编派张爱玲的文化认同分裂，因为张的父亲有洋名，而张的母亲也缠过足，就如同《对照记》里张与弟弟抱着母亲从国外寄来的礼物，我们看到的不是一个穿袄袍的“中国”女孩抱着“洋娃娃”，因为中国袄袍与西洋娃娃都是张爱玲主体成长经验的恋物，就如同我们一直相信张爱玲的英文造诣毫不逊色于她的中文造诣一般，就如同我们相信张爱玲的作品与西洋文学的关联并不弱于与鸳鸯蝴蝶派的关联一般。

因此“文化融合”的观念必须被一再强调。“文化融合”指的不是中体西用，也非全盘西化，而是“华洋杂处、新旧掩映”的叠合交缠，似有二元对立的华／洋与新／旧，却因种种恋物（如袄袍与娃娃）的“转喻毗邻性”而混淆暧昧。更何况“文化融合”的张爱玲尚曾自嘲自己血统混杂的可能：“我母亲也是被迫结婚的，也是一有了可能就离了婚。我从小一直听见人说她像外国人，头发也不太黑，肤色不白，像拉丁民族。她们家是明朝从广东搬到湖南的，但是一直守旧，看来连娶妾也不会娶混血儿……这本集子里《谈看书》，大谈人种学，尤其是史前白种人在远东的踪迹，也就是纳罕多年的结果。”（《〈张看〉自序》）原来不仅是《茉莉香片》里的聂传庆有窜改身世之异想，连《张看》里的张爱玲也有错乱种族之好奇。莫怪乎张爱玲擅画擅写各式混血儿，对混血儿尴尬边缘的社会处境多所观察，像《红玫瑰与白玫瑰》中的玫瑰，“就为了她是不完全的英国人，她比任何英国人还要英国化”，像小说中嫁了混血儿的英国艾许太太，“因此处处留心，英国得格外道地”，她的女儿艾许小姐，则更是“地位全然没有准绳的混血姑娘”。又如《第一炉香》里的交际花周吉婕，有着极为复杂的宗谱和极为复杂的社会处境：

> 你看，我们的可能的对象全是些杂种的男孩子。中国人不行，因为我们受的外国式的教育，跟纯粹的中国人搅不来。外国人也不行！这儿的白种人哪一个不是种族观念极深的？就使他本人肯了，他们的社会也不答应。谁娶了个东方人，这一辈子的事业就完了。

原来女人作为交易商品也是有种族区隔的殖民布局啊！

上面谈过了东方主义凝视下的中国摆设如鼻烟壶与观音像，

也谈了崇洋心理投射中具有商品迷魅的汽车与威士忌，更带出混血女人身体商品化时的种族布局，但大体上仍以物和物化了的女体为讨论对象，最后这一部分则将焦点集中在张爱玲笔下的外国男人呈现，也借此带入思考霍米·巴巴“殖民凝物”的另一面向。

张爱玲笔下不乏对外国男人的刻画描绘，像《桂花蒸阿小悲秋》中的哥儿达先生，是阿小眼中生吃鸡蛋的“野人”，也是“比十个女人还要小奸小坏”的外国主人。像《第二炉香》里的大学教授罗杰和新娘妻子愫细（多么典雅婉转中国化的翻译，而非平淡浅白的“苏西”），罗杰被误认为变态色情狂，几乎摧毁了白种人在殖民地应有的声望，而他的“丑史”也迫他走上自杀一途。但引起最多争议的则是《连环套》里对外国人角色之描绘。迅雨（即傅雷）在《论张爱玲的小说》一文中严厉批评道：

> 西班牙女修士的行为，简直和中国从前的三姑六婆一模一样。我不知半世纪前香港女修院的清规如何，不知作者在史实上有何根据，但她所写的，倒更近于欧洲中世纪的丑史，而非她这部小说里应有的现实。其实，她的人物不是外国人，便是广东人。即使地方色彩在用语上无法积极地标识出来，至少也不该把纯粹《金瓶梅》《红楼梦》的用语，硬嵌入西方人和广东人嘴里。这种错乱得可笑的化装，真乃不可思议。

迅雨的批评中自有矛盾之处，像三姑六婆的修女竟也能铺陈中世纪的丑史，或者是说迅雨只看出《连环套》中对中国古典小说的借用，却否认其对西方中世纪文学场景的挪移呢？迅雨“画虎不成反类犬”的责之以严，是否也排除了“文化混血”四不像的可能呢？但这一席批评，虽不能断定是张爱玲辍写《连环套》的主要原因，但至少确曾引起张爱玲想为自己辩解的欲望：

> 至于《连环套》里有许多地方袭用旧小说的词句——五十年前的广东人与外国人，语气像《金瓶梅》中的人物；赛珍珠小说中的中国人，说话带有英国旧文学气息，同属迂就的借用，原是不足为训的。我当初的用意是这样：写上海人心目中的浪漫气氛的香港，已经隔有相当的距离；五十年前的香港，更多了一重时间上的距离，因此特地采用一种过了时的词汇来代表这双重距离。有时候未免刻意做作，所以有些过分了。我想将来是可以改掉一点的。(《自己的文章》)

在答辩中最有趣的一点，是张爱玲援引赛珍珠小说中说话带有英国旧文学气息的中国人，这不是说久居中国的外国人写起中国人来，依旧洋味十足，以便合理化自己笔下语气像《金瓶梅》的外国人，而是说“写实”不是独立存在于“文学成规”之外的模拟，就像是“美国”作家赛珍珠笔下的人物是带“英国”旧文学气息的，而张爱玲在文学成规上的出入中西、熟稔古今，是不宜以“纯种”文学观或狭隘写实论加以圈限的。

但张爱玲的辩白，却引来唐文标更严厉的斥责，直指张对世界各色人种的简化处理：

> 这一段话辩错了，错误的来源可能是张爱玲写错了小说人物。张爱玲似乎并不怎么懂得外国男人心理，更别说外国男人怎样对待姘居的中国女人，在她所有的小说中，全世界各色人种的心态皆是一个，白人就是印度人，印度人相同于中国人。把书中雅赫雅换成个中国名字，恐怕完全无别。(《张爱玲研究》)

在唐文标的评断中，张爱玲不仅不懂外国男人的心理，恐怕连中国男人的心理也不懂。但他对张爱玲“同化”(“中国化”)世界各色人种的批评却让我想误打误撞、将错就错地抛出一个假设：暂时先不管小说人物像不像与文学传承、风格等问题，为什么张爱玲不可以把印度人、英国人、各色混血儿都用与写中国人无异的方式写出来呢？又是否能在殖民的历史架构与心理曲折中，析剔出这同与异的吊诡辩证呢？

巴巴在《他者问题：样板、歧视与殖民论述》一文中，曾用“存有的转喻”来谈殖民样板的心理形成过程，在面对种族与文化差异之时，透过恋物机制中的“认知”与“否认”，将差异固置为样板。因此殖民样板不仅仅只是简化窄化的错误扭曲，而是心理层面凝止、置固的呈现形式，摆荡于认知 / 否认、见 / 不见之间。如此而言，赛珍珠笔下的中国人呈现，有可能是因她美国人的国籍身份而无法深入、知之不明，也有可能是因她英国文学的文化身份而有所隔阂，以英概中，当然更有可能是因她对种族文化差异的恋物置固，只用特定方式描呈中国。而对“文化混血儿”张爱玲而言，她繁复的恋物凝止不仅是对西方也是对中国，“霓喜的脸色是光丽的杏子黄。一双沉甸甸的大黑眼睛，碾碎了太阳光，黑里面揉了金”，“他（雅赫雅）养着西方那时候最时髦的两撇小胡子，发尖用胶水捻得直挺挺翘起，临风微颤”（《连环套》），这种文字营造出的双重距离，也是双重的殖民凝物，充满了叠影的晃动，晃动在“华洋错综、新旧掩映”的阑珊之处。

恋物张爱玲，就像“去年那件织锦缎夹袍”，总是一往情深的。

# 女女相见欢：
# 歪读张爱玲的几种方式

曾被一个问题当场问傻了眼。

张爱玲过世不久，《人间》副刊在诚品书店办了个座谈会，会场气氛肃穆凝重，墙上有放大的张爱玲黑白照片，俨然像个追悼会的灵堂。但当座谈人士开始东拉西扯各等闲话轶事，穿梭进出文学文本与传记资料时，大伙便也热络兴奋了起来，尤其座谈会最后的开放提问部分更是高潮，仿佛是遍布四地的“张迷”“张学”高手过招，各有攻防，各有见地。

而就在此时，一个问题掷出，举座鸦雀无声：“请问如何从同性恋的角度阅读张爱玲？”

面对如此具高度挑战性的问题，与会人士面面相觑，不知如何作答，然而在相关运动及其论述蓬勃发展的二十世纪九十年代之台湾，此问题之提出自有其相对应的文化氛围与关怀，但回顾过往对张爱玲之讨论与研究，鲜有从此角度去关照、去思量者。

结果这个无解之题自然落到我的头上，虽也曾从各种旁门左道谈论过张爱玲之恋父、恋母、恋物，甚至恋尸，但如何从同性恋的角度观看，却是未曾认真思考过的问题。当场只得硬着头皮，闲扯某些当代作家对张之顶礼膜拜，谓之为文学想象的叙事扮装，也就如此这般交代了事。

回家的路上开始思考，为何从不曾尝试由同性恋的角度想象张爱玲，卡在中间的第一个障碍便是张爱玲的两次异性恋婚姻，一次与胡兰成，一次与甫德南·赖雅，一个是风流倜傥、学富五车的中国才子，一个是热情好客、垂垂老矣的美国剧作家。接着论及张爱玲笔下的女性角色，从娇蕊、烟鹂、阿小、七巧、长安、流苏数到薇龙、愫细、川嫦、翠远，或奸或恶，或小德微善，几乎都是所谓的异性恋女人，“一辈子讲的是男人，念的是男人，怨的是男人，永远永远”(《有女同车》)。

但回头再想，结婚或者生儿育女并不能证明异性恋身份的确然，而即使是所谓的“异性恋”作者也未必只处理异性恋题材，甚或在异性恋的故事架构中，也可以有同性情欲的蛛丝马迹。如此想来豁然不少，也就留此问题于心头酝酿。

迟了一年多的回答变成了文章一篇，想起此段因缘，是为记。

# 《相见欢》：异性恋婚姻与同性恋爱

在解构主义的年代，“误读”曾是个时髦挑衅的批评术语，不是正确对比于错误，而是在意义悬止、语言开放的“文本性”之下，任何阅读都可是具有创造性的“误读”。而九十年代的同性恋研究，则标榜着“歪读”的乐趣，要从天经地义、理所当然的异性恋观点中，开发幻化出各种欲望横流的可能，既是性别政治的阅读实践，也是欲望的游戏、牵成的想象，像罗兰·巴特所言欲望被阅读的书写，也像 D. A. 米勒所指的“我们之间”。

然而“歪读”之风在学院所引爆的，则是另一场继女性主义、少数族裔“对抗经典”后的争战，只是这一次的焦点回到了传统经典的窝里反。谁说莎士比亚是男同性恋者，谁说维吉妮亚·伍尔芙是女同性恋者？此番典律之中的性取向之争大大暴露了学院异性恋中心的抗拒焦虑心态，或嗤之以鼻，或斥之以无稽，在夏娃·塞奇威克的《暗柜认识论》中，有对此心态生动而传神的描述：

一、同性相吸的亲密语言在任何论及的时代皆极为普遍——故毫无意义可言。或者

二、同性性爱在某些论及的时代相当普遍——但那时既无描绘之语言，故也毫无意义可言。或者

三、彼时不容忍同性恋，与今不同——故人们大概不敢铤而走险。或者

四、彼时并无同性恋之禁制律法，与今不同——故就算有人为之，也毫无意义可言。或者

五、在一八六九年之前并无“同性恋”一词——故在过去任何人皆为异性恋。（当然，异性恋是自古常存的。）或者

六、论及之作者曾被证实或谣传与某位异性交往甚密——故他们与同性之情感便毫无意义可言。或者（在某种认可证据的不同法则之下）

七、无确切之同性恋之证明，如从另一男人身上所取的精液或另一名女子的裸照——故作者应被当成热衷投入的纯异性恋者。或者（最后手段）

八、作者或作者的主要依恋大可是同性恋——但让如此无足轻重的事实改观我们对其生涯、创作或思想的严肃事业之理解，便是以偏概全。

正如塞奇威克所言，此番貌似讨论性欲取向的历史辩证，其

实基本上只反映一种打压与检查的心态：别问，你不可能也不应该知道。但同时此等黔驴技穷之推托闪躲，也在在展示了从二十世纪八十年代中叶开始在学院里兴风作浪的同性恋研究之威力，至少使得认为异性恋是不证自明的保守人士人人自危。

于是同性恋研究所开放的是“歪读”的想象、趣味与政治，不必在另一男人身上有莎士比亚的精液，也不必有张爱玲与另一女子相拥入眠的裸照，我们就可兴高采烈地“歪读”莎士比亚，一如“歪读”张爱玲。“歪读”的方式千奇百怪，此处所要尝试的是打散“异性恋作家 = 异性恋作品”与“同性恋作家 = 同性恋作品”的预设，其思考点有二：

一、在建立“同性恋经典”的初期，较多的注意力放置于凸显作者的同性恋身份认同与被传统湮灭、忽视或惯以异性恋角度加以诠释的同性恋作品。一本女同性恋或男同性恋的小说，往往同时指涉作者与主角的同性恋身份认同。

二、从“女同”与“男同”研究到“同性恋研究”转换、结盟与冲突的过程中，松动“异性恋 vs. 同性恋”的二元对立便成了关注（如何松动）与争议（是否该松动）的焦点，于是同性恋作家异性恋作品中的同性情欲流动，或异性恋作家同性恋作品中的异性恋架构，甚或同性恋作家同性恋作品中的异性恋欲望，都让“欲盖弥彰”的歪读更形五花八门。（在此烦请读者在面对异性恋或同性恋一词时，自行加上“所谓的”或括弧、引号。同性恋研究一如性别研究，既在异性恋 / 同性恋之内也在之外，就像既

在男 / 女之内也在之外。“之内”指涉的是此二元对立系统的无所不在，在日常生活的监控中，也在语言系统的表达中；“之外”所向往的是松动二元对立僵化强制的分类与规范，如“异性恋 vs. 同性恋”“男 vs. 女”，以开放流动、越界、置移的可能性。使“异性恋”与“同性恋”的称谓成为阶段性的权宜之计。）

故放置在具体而微的张爱玲研究之上，本文的“歪读”策略较不倾向“认识论”上的“是 / 否”为同性恋，而较关注在所谓“异性恋”作家张爱玲的所谓“异性恋”作品中，如何读出同性情欲的暧昧流动（此种阅读策略是太歪抑或不够歪，有待后续的欲望阅读），以便启动张爱玲“异性恋”书写经典之外的另类挑逗。

《相见欢》是一篇较少被评者论及的小说，收在《惘然记》里，讲的是一对“情同姊妹”的中年妇人：伍太太与荀太太同年，从小一块长大，互称表姐，两人离散多年，在上海重聚后，便往来频繁。

> 表姊妹俩一坐下来就来不及地唧唧哝哝，吃吃笑着，因为小时候惯常这样，出了嫁更不得不小声说话，搬弄是非的人多。直到现在伍太太一个人住着偌大房子，也还是像唯恐隔墙有耳。
>
> “表姐新烫了头发。”荀太太的一口京片子还是那么清脆，更增加了少女时代的幻觉。

> “看这些白头发。”伍太太有点不好意思似的噗嗤一笑，别过头去抚着脑后的短卷发。
>
> “我也有呵，表姐！”
>
> “不看见嚜！”伍太太戴眼镜，凑近前来细看。
>
> “我也不看见嚜！”
>
> 两人互相检验，像在头上捉虱子，偶尔有一两次发现一根半根，轻轻地一声尖叫：“别动！”然后嗤笑着仔细拨开拔去。

《相见欢》里只见两人唧哝耳语，互拔白头发，中年发福的荀太太总用“撒娇抱怨的口吻，腻声拖得老长”，向伍太太诉说昔日婆媳间的不睦，而伍太太也用最最谅解与同情的口吻加以慰藉疏怀。而当这对老姊妹正有一搭没一搭地闲话家常时，伍太太出嫁的女儿苑梅在旁揣度：

> 苑梅没留神听，但是她知道荀太太并不是唠叨，尽着说她自己从前的事。那是因为她知道她的事伍太太永远有兴趣。过去会少离多，有大段空白要补填进去。苑梅在学校里看惯了这种天真的同性恋爱。她自己也疯狂崇拜音乐教师，家里人都笑她简直就是爱上了袁小姐。初中毕业送了袁小姐一份厚礼，母亲让她自己去挑选，显然不是不赞成。因为没有危险性，跟迷电影明星一样，不过是一个阶段。但是上一代的

人此后没机会跟异性恋爱，所以感情深厚持久些。

此处伍苑梅的“旁观者清”，点出了女性之间“同性之爱”的普遍性，像她迷恋音乐老师袁小姐，像母亲与荀太太的亲昵相知，但同时她又似乎否定此种“同性之爱”的恒久性（即使话中巧妙点出上一代的人只有同性相恋的机会），视其为不具危险的阶段性过渡，像如今她嫁为人妇，也像母亲与荀太太各自婚配、生儿育女。

而《相见欢》最有趣的一点，不在于其正面积极肯定女性间的“同性之爱”，而是在负面否定的态度之下，深情铺陈伍太太与荀太太的相知相惜。《相见欢》讲的当然是异性恋的故事，这里不仅两个家庭的成员都是异性恋（从父母到子女），就连实际上的外遇（伍先生与女秘书在香港同居）与想象中的外遇（荀太太在上海学打牌、学跳舞时先生绍甫不在身边），也都是异性恋的：

伍太太接他太太到上海来，一住一两个月，把两个孩子都带了来，给孩子们买许多东西，替荀太太做时行的衣服，镶银狐的阔西装领子黑呢大衣，中西合璧的透明淡橙色“稀纺”旗袍，头发也剪短了，烫出波纹来，耳后掖一大朵洒银粉的浅粉色假花。眉梢用镊子钳细了，铅笔画出长眉入鬓，眼神却怔怔的。有点怅惘。绍甫总是周末乘火车来接他们回去。伍家差不多天天有牌局，荀太太还学会了跳舞，开着留声机学，伍太太跳男人的舞步教她。但是有时候请客吃饭余兴未尽，到夜总会去，当然也有男人跟她跳。

“绍甫吃醋。”伍太太背后低声向她说。两人都笑了。

此时荀绍甫所吃醋的对象，当然不是伍太太，而是假想中的异性恋情敌，而小说中一再铺陈的情节也多围绕在异性相吸的想象之上，如苑梅担心出国深造的丈夫会心有别属，如伍太太忆及年轻时被人盯梢的兴奋，也如荀绍甫谈到同事之妻的红杏出墙，然而这一切安稳的与不安稳的异性恋婚姻，正为两个女人的“相见欢”提供了最安全无虑的时空与心理背景，正如伍太太向女儿叙及往日情怀时，那种嗔怨才是《相见欢》文本底下那无以名之的醋意与不舍：

> 她们俩都笑了。那时候伍太太还没出嫁，跟着哥哥嫂子到北京去玩，到荀家去看她。绍甫是已经见过的，新娘子回门的时候一同到上海去过，黑黑的小胖子，长得愣头愣脑，还很自负，脾气挺大。伍太太实在替她不平。这么些亲戚故旧，偏把她给了荀家。直到现在，苑梅有一次背后说她的脸还是漂亮，伍太太还气愤愤地说：“你没看见她从前眼睛多么亮，还有种调皮的神气。一嫁过去眼睛都呆了。整个一个人呆了。”说着眼圈一红，嗓子都硬了。

于是《相见欢》的吊诡，也许就是要在最异性恋之处读出“欲盖弥彰”的自我诠释与自我安慰，女人间的“同性恋爱”不在异性恋之“外”的任何他处，而就是在异性恋之“内”最安稳最平凡的闲话家常之中缅怀过往、互抒心事。

塞奇威克在《简·奥斯汀与自慰女孩》一文中，曾赞誉批评家保拉·本内特对十九世纪美国女诗人艾米莉·狄金森所采用的阅读策略：本内特在探寻女女之间情感或肉体亲密时，并不否定异性恋之情欲，而是凸显此两者间暗潮汹涌之张力，她的批评阅读呈现了“女性同性社交网络”与当时“较为显著”“较易叙述”但“较不亲密”的异性恋结构之关联。而塞奇威克也如法炮制此种阅读策略，企图在简·奥斯汀的作品中“去自然化任何对‘异性恋’与‘同性恋’作为现代性欲认同关联之预设——譬如预设其对等性，预设其相互不渗透，甚至预设其乃相同的‘性认同’运作，并且预设‘异性恋’‘同性恋’，甚至再加入可能的‘双性恋’，就足以加法般划分性欲取向的世界”(《简·奥斯汀与自慰女孩》)。

由此线索往下推寻，《相见欢》中的一对老姊妹叨叨絮絮异性恋婚姻的陈年往事，绝对不是意识层面的女性“同性恋爱”，但十足的异性恋强化的却是不满、怨怼与无奈，以及此种情绪下对青春往事、姊妹情深的缅怀。而有趣反讽的是，理当属阶段过渡性的女性“同性恋爱”却在伍太太与荀太太间有了“第二春”，真正可怕的也许不是未识异性恋前的同性亲密，真正可怕的是识得异性恋之后仍以同性为情感最终的投注与依归。即便女儿在侧、先生在场，女女“相见欢”也成了别人进不了的绮丽世界。

# 《双声》：欲望法则的三角关系

在《相见欢》里当伍太太与荀太太东拉西扯之际，来接太太回家的荀绍甫正在沙发上打着瞌睡，偶尔清醒过来插几句嘴。这个伍太太认为匹配不上好友荀太太的男人，这个荀太太认为敬仰好友伍太太见识的丈夫，他的出场与在场，毫不影响老姊妹的亲密对话，即使这亲密中有因伍先生外遇、荀先生不得志的刻意回避与体贴关照。这两女一男的配置与互动，牵扯出小说中不少细腻深刻的心理描绘。

然而在文学理论与作品阅读的架构中，绝大部分的欲望三角皆是两男一女而非两女一男的配置。像列维-斯特劳斯论亲族结构的“交易女人”，两个男人或两个父系部族以异性恋婚姻建立“男性同性社交结盟”之基准；或勒内·基拉尔所谓的“情欲三角”，将男—男之间的竞争敌对与男—女之间的情爱纠葛相交并置；当然最有名的欲望三角，则非弗洛伊德的“俄狄浦斯三角”莫属，此认同父亲、欲望母亲的家庭罗曼史，正建构于同性相认同—异性相吸引的欲望法则之上。

然而这些依异性恋法则对号入座的欲望三角，已在晚近受到激烈的挑战与质疑。像塞奇威克一九八五年开启同性恋与性别研究的《男人之间》，就是要在男男“同性社交”的结盟之中，读出男男“同性情欲”的压抑与流动；又如乔纳森·多利莫尔在《性异议》中指出俄狄浦斯神话中被压抑的同性恋部分，我们只知俄狄浦斯弑父娶母，不知其天神惩罚之缘由乃俄父迷恋美少年，触怒了司婚姻的天后赫拉；甚至在朱迪斯·巴特勒的《性别麻烦》中，“同性恋禁忌”乃先于“近亲性交禁忌”，正是“同性恋禁忌”迫使男孩欲望而非认同母亲、认同而非欲望父亲，让异性恋机制变为可能。

但在松动或改写两男一女的欲望三角配置之同时，我们依旧缺乏两女一男的歪读想象与另类流动。故在下面的阅读中，拟采用之方式是将张爱玲散文与弗洛伊德病例加以并置，让情深故而好事之读者也能游走其间、穿凿附会一番。在《余韵》中收有张爱玲（张爱）与挚友炎樱（獏梦）的对谈录一篇，名为《双声》，其中炎樱提到看戏的有趣经验：

> 獏：也许。哎，我没说完呢，关于他们的戏。还有《永远的三角在英国》——妻子和情人拥抱着，丈夫回来撞见了，丈夫非常地窘，喃喃地造了点借口，拿了他的雨伞，重新出

去了。《永远的三角在俄国》——妻子和情人拥抱，丈夫回来看见了，大怒，从身旁拔出三把手枪来，给他们每人一把，各自对准了太阳穴，轰然一声，同时自杀了。

不论是英式或俄式，这异性恋戴绿帽子的三角关系，总多是尴尬难堪、无地自处的，然而聪颖灵敏的炎樱竟把此种两女一男的三角关系，投射想象成日后其夫、张爱玲与她自己（或者张夫、张爱玲与她）的可能处境，而质疑张之回应态度。此时不是富饶深趣的友情与爱情之孰轻孰重，也非女人妒忌的转换与极限，而是炎樱的“一时糊涂”：

> 獏：我不大能够想象，如果有一天我发现我的丈夫在吻你，我怎么办——口吐白沫大闹一场呢，还是像那英国人似的非常窘，悄悄躲出去——还有一点奇怪的，如果我发现我丈夫在吻你，我妒忌的是你不是他——
>
> 张：（笑起来）自然应当是这样，这有什么奇怪呢？你有时候头脑非常混乱。

如果“我妒忌的是你不是他”奇怪，那“我妒忌的是他不是你”就不奇怪了，但放在异性恋法则之中，这不奇怪就太奇怪了：一名女子竟会妒忌丈夫能有拥吻她好友的机会。这表现在“说溜嘴”的头脑混乱，是不是该用精神分析来潜意识导读一番呢？

话说弗洛伊德曾在《妒忌、偏执和同性恋的一些神经机制》中，指出某种同性恋者的“幻觉式妒忌”，如一名男同性恋者强烈妒忌另一名女性对其男友之爱慕：“如一种防御的努力，加以遏抑太过强烈之同性情欲冲动，如果是男性，可以下列公式描述之：‘我并不爱他，是她爱他。’”

那如果是女性，是否公式便成为“我并不爱她，是他爱她”，所以我们可以想象一条欲望的回路：甲女将其对乙女之欲望绕道甲夫身上而行，以避免面对或认知她自己经由其夫所表达之欲望，此种“否认”是否正是以合法化之异性恋欲望法则，行非异性恋欲望之流窜呢？其中“不法”的欲望偷渡，到底是谁吻了谁，谁又想吻谁呢？

炎樱作为张爱玲一生的挚友，从早年相识到张过世前仍有书信往来，自有各种记述可寻。在《对照记》中除了张母照片外，就属炎樱的独照和同张的合照最多，而张爱玲在人物素描之功力，除了《姑姑语录》外，就属《炎樱语录》最显俏皮亲昵。她们俩也曾一度出双入对、焦孟不离：

> 座谈会是在下午三时开始，这次，张爱玲女士穿着橙黄色绸底上套，像《传奇》封面那样蓝颜色的裙子，头发在鬓上卷了一圈，其他便长长地披下来，戴着淡黄色玳瑁边的眼镜，搽着口红，风度是沉静而庄重。同来的是她女友炎樱女

士，曾在《小天地》发表过文章（不过因为写不来中文，由张女士执笔），穿大红的上装，白色短裤，手上戴图案式底象牙镯，从服装和打扮上看来，表现出她热带人的性格。（《〈传奇〉集评茶会记》，《张爱玲资料大全集》）

“混血人”炎樱不仅善绘画、口尖舌利，更善于装扮张爱玲，借披风借项链，甚至要张爱玲在镜头前露出香肩以示性感。两人的亲昵在跟进跟出、穿着打扮之间自见端倪。

那天张爱玲的头发样子变了，卷上去，好像剪短了似的。因为我问，才知道是炎樱亲手替她打扮了的。炎樱有个理由：身材高的人，头发宜乎短些；反之，身材不高的人，头发宜乎长些。（路易士，《记炎樱》，《张爱玲资料大全集》）

张爱玲笔下的炎樱自是热情浪漫，有最多的自信和主见，比张爱玲更懂得打扮与作怪。当与张论古说今、纵横中外时，又能以智识上的犀利与情感上的细致与张“相濡以沫”。（评者有时头脑也非常混乱。）但更多的时候，对比于拘谨内向的张爱玲，炎樱是促狭逗趣，胆大妄为的：

中国人有这句话：“三个臭皮匠，凑成一个诸葛亮。”西方有一句相仿佛的谚语：“两个头总比一个头好。”炎樱说：

> “两个头总比一个好——在枕上。”她这句话是写在作文里面的，看卷子的教授是教堂的神父。她这种大胆，任何以大胆著名的作家恐怕也望尘莫及。(《炎樱语录》,《流言》)

当然日后炎樱的“双人枕头”是男女配的异性恋婚姻，一如张爱玲的“双人枕头”一般，此段论述的重点不是要说炎樱或张爱玲“是”女同性恋者（当然也不是说她们绝对“不是”。“是”作为身份认同的宣称，多预设着一种不变永恒“本质性”之样态，与此样态歧出的各种欲望回路，都成为阶段性的过渡：“是”异性恋就“不是”同性恋，“是”同性恋就“不是”异性恋的二选一。但在女同性恋与男同性恋运动的脉络之下，此种“是”却往往成为“出柜”行动的自我宣称，具有十足挑战异性恋中心的威力），而是要说如此这般“异性恋”女人的相知相惜、亲昵互动中，也可以有溢出异性恋范畴、欲望回路的打情骂俏，不按异性恋牌理出牌的歪读，竟让我们“双重阅读”了张爱玲的《双声》，聆听出想象中的欲望双频道。

# 《不幸的她》：情境式女同性恋的吊诡

从伍太太—荀太太—荀绍甫三人配置的场景调度，到炎樱—张爱玲—炎樱三角关系的想象投射，男人不再是欲望的主体，要么一旁无聊瞌睡，要么暂时充当欲望回路之绕径，重要的是女女相见欢的双声对唱。但这可供"出轨／出柜"欲望投射的蛛丝马迹，在张爱玲的作品中并不多见，女性角色之间，不论母女、妯娌、婆媳、姑嫂，多以异性恋婚姻的亲族架构加以定位，要不就是女人之间假想的情敌对手，为争夺同一个男人而明争暗斗。但在张爱玲过世后一片追悼怀念声中，一篇号称"最新发现张爱玲处女作"之作品，再度撩拨起我们歪读张爱玲的情欲想象。

在过去张学评者多以张爱玲一九四〇年发表之散文《天才梦》为其第一篇作品，但尔后上海华东师范大学陈子善教授又发现张于一九三七年，就已在其就读的圣玛利亚女校《国光》半月刊上发表了小说《霸王别姬》和《牛》，而他更再接再厉，又在一九三二年上海圣玛利女校年刊《凤藻》总第十二期上，找到了张爱玲的《不幸的她》，该文后在《联合》副刊所制作的张爱玲纪念专辑中重新刊录，也让我们有机会重新审视这天才第一步的“与众不同”。

撰写《不幸的她》时，张爱玲为女校初中一年级的学生，在男性评论家倾慕却不失大家长式关爱的眼神之下，自是“莺声初啼，虽不免稚嫩，不免带着当时的新文艺腔，却同样清脆可爱”（陈子善，《天才的起步》）。固然我们不会过度期待早慧的张爱玲有多成熟、多惊人之少作，但不期而遇的却又是一则女女之间的故事，只不过如泣如诉的哀怨缠绵取代了闲话家常的中年哀乐。《不幸的她》叙述M小学的两个女孩“雍姊”与“她”相亲相爱地成长于大海之滨：

> 秋天的晴空，展开一片清艳的蓝色，清净了云翳，在长天的尽处，绵延着无边的碧水。那起伏的海潮，好像美人的柔胸在蓝网中呼吸一般，摩荡出洪大而温柔的波声。几只洁白的海鸥，活泼地在水面上飞翔。在这壮丽的风景中，有一只小船慢慢地棹桨而来：船中坐着两个活泼的女孩子，她们才十岁光景，袒着胸，穿着紧紧的小游泳衣服，赤着四条粉腿，又常放在船沿上，让浪花来吻她们的脚。像这样大胆的举动，她俩一点儿也不怕，只紧紧的抱着，偎着，谈笑着，游戏着，她俩的眼珠中流露出生命的天真的诚挚的爱的光来。

但雍姊与“她”的亲密关系，却在“她”的父亲过世后被迫中止。“她”随着母亲赴上海依亲，“在热烈的依恋中流泪离别了”。接着故事便带到长大后的“她”，为赌气，母亲昏悖地将她许聘给一纨绔子弟，离家出走、在外漂泊，后与童时伴侣雍姊联络上，遂急急返乡重聚：

> “你真瘦了！”这是雍姊的低语。
>
> 她心里突突的跳着，瞧见雍姊的丈夫和女儿的和蔼的招待，总觉怔怔忡忡的难过。
>
> 一星期过去，她忽然秘密地走了。留着了个纸条给雍姊写着：
>
> “我不忍看了你的快乐，更形成我的凄清！
>
> 别了！人生聚散，本是常事，无论怎样，我们总有藏着泪珠撒手的一日！”

此处的悲怆伤怀可以是童年的美好时光不再，伊甸难寻，也可以是自叹身世飘零、人海浮萍，但在幸福的雍姊与不幸的她之间，似乎更有难以言说的无助依恋，被拒斥在美满异性恋婚姻之外。从表面上观之，她的逃婚在于异性对象之不适，而非反抗异性恋婚姻，她的依恋更有流浪飘零、父母俱亡的合理强化，但在这一对爱友的聚散离合中，被迫割舍与无法割舍的又是什么呢？

年轻的张爱玲在上海的圣玛利女校，演绎着一对女性爱友的悲欢离合，如果我们够大胆，能把供在文学殿堂的她请出来，将其少作和台北第一女子高级中学校刊中的女女相恋相提并论，却不难发现缠绕其间许许多多类似之情愫。在张乔婷《牵成女同性恋者：女校空间中女同性恋者认同的存还机制（以北一女中为例）》的论文中，就尝试以女校的空间记忆，探讨“是否有一群女同性恋者是在高中时因为强迫异性恋机制而自我转化和升华成只是‘女性情谊’而已？若有存还者，则可能的机制是什么？女同性恋者在高中校园中如何相互看到？……女同性恋者在狭小的校园空间和有限的读书时间如何发展感情？……而女校空间的认同和经验是否可以对抗科学定义下的‘高中校园情境性的女同性恋’”。该文接着分析了女校刊物中摆荡在姊妹情谊与同性恋身份认同之间的创作与论述，并归纳出两种类型的结尾：一、以一方的远离或死亡作为结束；二、以“新生”转喻感情升华后的女性情谊，例如：

那天，也很奇怪，你居然一直握着我的手，握得那么紧，似乎有什么预感……毕竟你是我唯一道别的人，在我心里永存你真挚的眼神就够了。（《花季》，《北一女青年》，第五十五期）

在莫名其妙的陌生之前，我们曾是那么真心的朋友……我相信促使我们分开的理由，除了一些不可知的因素，还有

> 一部分是我所不愿承认，也正是你所害怕的……所有精彩的旅程，我会一直将你放在最深的心底——给我最亲爱的你。（《走过这一季——给我最亲爱的你》，《北一女青年》，第七十期）

当然这些平铺直叙的文字是难以与张爱玲新文艺腔的少作匹敌的，但将女校时期的张爱玲与这些女校学生相提并论，是企图营造一种空间记忆的氛围，以及此氛围中可能的情牵意动，交互指涉。

当然此“女性情谊”与“女同性恋认同”的吊诡，存在于二十世纪四十年代的上海，也存在于九十年代的台湾，更存在于女同性恋理论与同性恋研究的诸多争议之中。对异性恋中心的预设而言，所有“情境式的女同性恋”皆为过渡阶段，将迎异性恋婚恋而解，女校里的假凤虚凰、春风蝴蝶女子，自是当不得真。但对同性恋研究学者而言，女人间的亲密从柏拉图式精神恋爱、牵手、亲嘴到上床，何处才是划分女性情谊与女同性恋认同的界限？“女同性恋连续体”让所有爱女人的女人都变成女同性恋者，模糊了女同性恋者身份的特殊历史与社会处境，而以肉体亲密为考量或女同性恋角色扮演为坐标的女同性恋者认同，却似乎又将文化中“不曾言明”“未曾凸显”的女性浪漫情谊与那暧昧流动的各种可能性摒弃在外。

由此观之，以上对张爱玲作品之阅读，多偏重于凸显女性浪漫情谊之下的暗潮与回流，就理论而言，此浪漫情谊既可“去病欲化”也可同时“去性欲化”任何可能的女同性恋论述，是女性同性社交甚至女性同性情欲的想象演释，而非肉体细节。但从另一角度观之，此“去性欲化”之缺憾也非全然无所建树，对女人之间情感的亲密交流是否必须采用性爱来定义尚属争议，但更重要的是这种暧昧正开启了一片广大的歪读想象空间，女人之间大可是“我们之间”，“我们的历史包括少女间的迷恋、浪漫友谊、波士顿婚姻、戏场扮装、异形过关的女人、悍T与性工作者、T与婆和其他许许多多有或无性交的认同”（《“他们想知道我性别所属”：现代女同性恋身份的历史根源》）。

阅读张爱玲“异性恋”经典的快感，也许正在歪打正着不轨的欲望，一些女同性恋者曾私下亲昵归属张爱玲为“优婆”。（大概是气质优雅的婆吧。）而此牵成的想象，正是在阅读完张爱玲第一篇作品《不幸的她》后（创作时序上的第一却是阅读时序上的最后），突然有福至心灵的“融会贯通”，往日在《流言》里一直读不太懂的片段，突然展现了瑰丽浪漫的色彩：

> 有天晚上，在月亮底下，我和一个同学在宿舍的走廊上散步，我十二岁，她比我大几岁。她说：“我是同你很好的，可是不知你怎样。”因为有月亮，因为我生来是一个写小说的人。我郑重地低低说道：“我是……除了我的母亲，就只有你了。”她当时很感动，连我也被自己感动了。（《童言无忌》）

十二岁写《不幸的她》的张爱玲，十二岁与学姊在月下交心的张爱玲，传统评者大概定要对此枝微末节的穿凿嗤之以鼻，以一句“情境式女同性恋”就想盖棺论定此间的曲折迂回，正如《相见欢》里伍苑梅视女性同性恋爱为过渡，也如张爱玲本人在此处“欲盖弥彰”地推诿于月亮或小说创作者的敏感。但最最矛盾吊诡的是（异性恋中心的评论家不知，伍苑梅不知，也许张爱玲也不知），此“情境式女同性恋”竟也可延长至一生一世。黯然离去的“她”，不也可以期待日后伍太太与荀太太的女女相见欢吗？这边听着獏梦与张爱谈论老了的时候的穿着，她要印度的纱丽，她则要中国的袄裤，那边瞧着荀太太试完了新旗袍，正与伍太太剥着橘子话当年呢。

因为有月亮，因为张爱玲生来就是一个写小说的人，生命中便无处不是情境的想象，无处不有从年少到白首的与女偕老。

# 两种衣架子：
# 上海时尚与张爱玲

此邦之人狃于时尚，唯时之从，一若非时不可以为人，非极时不足以胜人。于是妓女则曰时髦，梨园竞尚时调，闺阁均效时装，甚至握管文人亦各改头易面，口谈时务以欺世。

《申报》，一八九七年七月十四日

沪上租界之内华夷杂处，听睹诡奇，市中珍货罗列，光怪陆离，无所不有。男女服饰瑰异与他处迥别，将近日哺，则香车宝马，络绎纵横，衣香鬓影往来不绝。

《新闻报》，一八九八年七月二十八日

直到现在，我仍然爱看《聊斋志异》与俗气的巴黎时装报告，便是为了这种有吸引力的字眼。

张爱玲，《天才梦》

二十世纪四十年代以《传奇》小说集一夕之间红遍上海滩的张爱玲，总是出了名的爱打扮。在《万象》主编柯灵的眼中，她穿旗袍外罩短袄，水红绸子，黑缎镶边，右襟上一朵如意云头。在女作家潘柳黛与苏青的面前，她穿柠檬黄袒胸裸臂西式晚礼服，香气袭人，满头珠翠（冯祖贻，《百年家族张爱玲》）。身着奇装异服、惊世骇俗的张爱玲，亦中亦西、又古又今的张爱玲，究竟是个怎样的衣架子呢？

张爱玲在追溯中国近现代服饰变迁时曾写道，“削肩，细腰，平胸，薄而小的标准美女在这一层层衣衫的重压下失踪了。她的本身是不存在的，不过是一个衣架子罢了”。此处中国传统服饰宽袍大袖的衣架子，显然与张爱玲在忆及家族成长记忆中提到的另一种衣架子截然不同：“因为我母亲爱做衣服，我父亲曾经咕噜过：‘一个人又不是衣裳架子！’”旧时代女性的“衣架子”是“虚”的，“三镶三滚”“五镶五滚”“七镶七滚”，层层衣饰堆垒中，欠缺女性主体性与身体感，迂缓、安静、整齐，清代“三百年的统治下，女人竟没有什么时装可言”。而新时代女性的“衣架子”似乎是既“实”又“时”，张爱玲的母亲黄素琼出洋、离婚、定居国外，不仅用一双三寸金莲横跨两个时代，更以三寸金莲在阿尔卑斯山滑雪，足迹遍于欧陆与东亚南亚。《对照记》中喜欢服装、思想进步的黄素琼，身着飘飘欲仙的“喇叭管袖子”上衣下配裙，一副五四运动时期美丽摩登的时尚装束。

显然这两种衣架子，标示了不同的女性主体建构方式（前现代与现代吗？），展现出不同的服装—身体—主体意识。那么来自清朝遗老遗少家庭，充满“酒精缸里泡着的孩尸”的幽闭恐惧，又师承旧腔旧调的鸳鸯蝴蝶派小说，更经常穿着老祖母式大镶大滚的短袄登场亮相，这样的张爱玲是哪一种衣架子？成长于三十年代上海，走红于四十年代孤岛时期的张爱玲，爱听市声，爱穿西式曳地长裙，爱看巴黎时装报告。她十三岁尝试撰写纯粹鸳蝶派的章回小说《摩登红楼梦》时，就安排了《赛时装嗔莺叱燕》的回目，铺陈主席夫人贾元春主持的新生活时装表演。小时候一心期盼“八岁我要梳爱司头，十岁我要穿高跟鞋”，长大后一心打算和挚友炎樱合开服装设计店，这样的张爱玲究竟又是哪一种衣架子？

本章正是想从“时尚意识”的角度，重新切入张爱玲研究中有关性别、身体与上海城市现代性的纠葛。张爱玲的衣架子，是“前现代衣架子”与“现代衣架子”的非此即彼，还是如何旧衣新穿，将老气古板化为别致时髦的“复古”吊诡？张爱玲的衣架子是“实”是“虚”，还是既“实 / 时”且“虚”？“时尚意识”串联了张爱玲的生活实践，美学品味（宝蓝配苹果绿，松花色配大红，葱绿配桃红的参差对照）与存在哲学（“生命是一袭华美的袍，爬满了蚤子”），更是晚近张学研究中凸显细节、琐碎政治与现代性文学技巧的批评重点。而张爱玲的一篇《更衣记》与一本《对照记》，便已是一套由晚清到民国、图文并茂的服装史料，而张爱玲的小说与散文，更是充满文本 / 质感 / 织品的丰美华丽。

因此，如何在流行时尚与上海城市现代性的互动讨论中，开展出“时尚意识”的理论建构与服装史料爬梳上的新面向，便是本章最大的企图所在。以下便拟分别从时间意识与空间身体意识两大面向，一探自清朝末年到二十世纪四十年代上海“时尚意识”逐渐浮显的历程，并以张爱玲为其集大成之展现。

# 永恒的褶边：时尚与时间意识

在西方有关现代性的讨论中，“时尚”乃是举足轻重的关键议题。法国十九世纪诗人兼评论家波德莱尔在《现代生活的画家》一文中，将“现代性”的特质视为“朝生暮死，稍纵即逝，偶遇巧合”，开宗明义的首例便是十九世纪的时尚插画，“人为自己创造的唯美概念，印记在他的全身服饰，弄皱或拉挺他的衣服，圆顺或僵化他的姿态，久而久之，唯美概念甚至巧妙地穿透了他的面容相貌”。德国社会学家格奥尔格·齐美尔写于一九〇四年的《时尚》一文，更将时尚视为现代性中两大趋力的巧妙结合：合群趋力与区辨趋力的双重呈现，既满足从众的模仿心态（阶级之内相互认同），又成全特立独行的区隔姿态（阶级之外相互区分）。对齐美尔而言，时尚的独特魅力正在其朝生暮死的“蜉蝣性”：“始与终相迭，耳目一新伴加稍纵即逝的魅力。”而德国理论家瓦尔特·本雅明则视时尚为“社会集体梦幻动力”的表征，成功展现现代性的新感性与新节奏，充满“异端、革命与超现实”的可能。本雅明更从历史唯物论的辩证观点出发，以时尚说明现代性中永恒 / 短暂的吊诡，“总而言之，永恒是衣饰上的褶边，远远大过永恒是一种理念”。

为何西方这些有关现代性的论述，一再援引“时尚”作为最佳范例或主要譬喻呢？首要原因，当然是“时尚”以“时”为“尚”所标榜出的新“历史时间意识结构”，以西方启蒙思想中现世世俗观的倾向，结合社会进化论的观念，强调不断转变、持续创新的往前推进模式，彻底与过去决裂。例如，当齐美尔在探讨时尚作为一种现代性物质生活形式，如何改变转化现代人的主体意识时，他特别强调的便是时尚所凸显“当下此刻”的时间意识：

> 为何晚近时尚对我们的意识产生如此巨大的影响，我们发现原因之一即是伟大、永恒、毋庸置疑的信念逐渐失去力量，因而短暂与摇摆的因子获取更多的展示活动空间。文明人类以超过一世纪的时间，处心积虑、努力不懈地完成了与过去的割裂，让意识越来越朝向当下此刻。(《时尚》)

而这种日新月异、求新求变的“线性时间进步观”，不仅带动了西方工业革命与都市现代化的脚步，更为西方帝国殖民扩张提供了想象与实践的基础。

然而时尚作为现代性新“历史时间意识结构”表征的最大吊诡，就是时尚在服膺日新月异、求新求变“线性时间进步观”的同时，也展露出另一种循环时间观：

> 时尚当然只关心改变，但就像其他所有现象一般，它倾向于保存精力，以相对而言最为经济的方式，尽其所能达到目标。因是之故，时尚周而复始地回到旧有形式，这在衣饰表现上最为明显，时尚的路径遂被比为一种循环。早先的一种流行只要已被部分淡忘，就没有原因可以阻止它卷土重来，就没有原因不许它反其道重施故伎，此差异的诱惑正乃时尚的本质。(《时尚》)

由此观之，时尚作为现代性的最终譬喻，不仅在于波德莱尔所谓“永恒”的“短暂”之瞥，更在于时尚作为现代性新“历史时间意识结构”本身的内在吊诡，一种对现代性“线性时间”“进步史观”的挑战，一种兼具“线性时间进步观”与“循环时间复古观”的内在冲突。换句话说，最能代表现代性日新月异、求新求变“往前看”的流行时尚，却又最爱频频回首“往后看”，依恋于“新红裁作衣，旧红翻作里”的复古怀旧。

而将现代性时尚这种“往前看向未来”与“朝后看向过去”的吊诡时间意识表达得最细腻幽微的评论家，自然非本雅明莫属。对本雅明而言，现代性中标榜的进步与线性时间本身即是一种暴力胁迫，历史犹如忧郁的天使，凝望过去依依不舍之际，却被迫走向未来。

> 眼凝睇、口弛张、翼正展，此即如何想象历史天使的模样。他的脸朝向过去，在我们感知连锁事件之处，他只见单一的灾难，残骸不断堆积于残骸之上，并被卷掷到他的跟前。天使欲留，唤醒死者，重整劫毁，但风暴从天堂吹下，以如此强劲之力撑起他的双翼，再也无法闭合。无从抗拒的风暴，迫使他背对着走向未来，在他面前持续堆栈的碎片残骸，高耸入云。此风暴即我们所谓的进步。(《历史哲学论纲》)

本雅明此处反线性时间进步史观的“寓言”，凸显了一种独特的前进方式——面向过去，背对未来——而这种前进方式的最佳代表，自然又非时尚莫属。时尚的最新，往往也是最旧，“运用过往的媒材，创造出最新奇独特的自我建构景观，即是时尚真实的辩证剧场”(《拱廊商场计划》)。换言之，时尚正是以不断“重复”的“新奇”，揭示一种“新”即“依旧”的吊诡。

以本雅明的话说，时尚即“虎跃过往”，此句玄奥名言可引发多层次的联想。就第一个层次而言，日新月异的时尚不断引述古人，使得它既“稍纵即逝”又“跨越历史”。就第二个层次而言，时尚展现了“永恒 / 短暂”“过去 / 当下”的历史辩证关系，当下是过去的延续而非断裂，但当下又非单纯过去线性时间的延长，本雅明辩证史观的激进观点是要让我们在当下看见过去，在过去看见当下，而非仅是在过去看见过去、在当下看见当下、以当下看过去、以过去看当下。这种激进辩证史观汲汲想要凸显的，正是当下与过去透过历史对象所产生的“迭映”，并用以唤醒资本主义商品大梦中的沉睡意识。就第三个层次而言，“过时”的时尚遂成为唯物史观中最具体而微的“历史残骸”，犹如化石般见证现代性进步驱力的风暴，以及资本主义社会废墟化的寓言。对本雅明而言，时尚既是现代性中“虚幻形上学”的表征，也同时是历史唯物辩证史观下物质性的碎片残骸。现代性中最“肤浅”的流行时尚，却承载了现代性时间意识中最深沉的吊诡。

# 老祖母的古董衣：废墟寓言与苍凉美学

如果说本雅明历时十余年未完成的《拱廊商场计划》，其念兹在兹的关注可以“时尚”一词一言以蔽之，那张爱玲的《更衣记》一文，其缜密细腻的铺陈重点，就是中国近现代服装史上逐渐萌芽的“时间意识”：“女人的衣服往常是和珠宝一般，没有年纪的，随时可以变卖，然而在民国的当铺里不复受欢迎了，因为过了时就一文不值。”上海自十九世纪中下叶繁华兴盛以来，就一直被视为追求时髦、标新立异的都会中心，如吴趼人在《我佛山人笔记》中描写的那样，“上海风气，时时变更，三数年间，往往有如隔代”。这种以加快速度更易无常、变动不居的现象，正是凸显上海在现代化、都会化过程中所浮显的新时间意识。在《申报》一篇名为《释时》的文章中，作者处心积虑想要责难的，正是这种时间意识在日常生活中尚“时”调、效“时”装、谈“时”务的展演：“此邦之人狃于时尚，唯时之从，一若非时不可以为人，非极时不足以胜人。”（一八九七年七月十四日）以“时”为“尚”、唯“时”是从的“时尚意识”，便是从一衣一扣、一鞋一袜最物质生活的层面，将原有中国的时间观彻底改头换面，民国的当铺里，“过了时就一文不值”。

然而在大多数有关中国现代性的当代论述中，此种“新”即“西”的时间意识往往被直接抽象等同于公历以及其所蕴含的线性时间进步观。

> 中国的现代性，我在别处谈过，是和一种新的时间和历史的直线演进意识紧密相关的，这种意识本身来自中国人对社会达尔文进化概念的接受，而进化论则是世纪之交时，承严复和梁启超的翻译在中国流行起来的。在这个新的时间表里，“今”和“古”成了对立的价值标准，新的重点落在“今”上，“今”被视为“一个至关重要的时刻，它将和过去断裂，并接续上一个辉煌的未来”。这种新的时间体认方式自然是从西方现代性的后启蒙话语中“习得”的……另外值得注意的是，最早采用公历的是《申报》，该报最初由西人创办，一八七二年开始在头版并列标注农历和公历。不过，一直要到一八九九年，自梁启超声言他的旅美日记已采用西历时，“时间意识”才真正发生转换。梁启超以他一贯的精英立场做了上述的宣布，另外，他还说他自己已经从一个“乡人”变成了一个“世界人”，而他用公历是为了跟上统一时间度量

的普遍潮流。像是巧合一般，梁启超宣布他离开横滨赴夏威夷的日期定于一八九九年十二月十九日——恰在新世纪的前夕！到二十世纪二十年代，如果不是更早的话，商业月份牌已经成了上海烟业公司和都会日常生活装备的流行的广告媒介。(李欧梵，《上海摩登》)

此处大段引述的目的，正是想凸显文中性别差异与文化位阶所隐含的纠葛：男性精英知识分子（严复和梁启超）与大众消费文化中的月份牌美女形象，前者“形而上”的“时间意识”来自社会达尔文进化论的概念启蒙，后者“形而下”的“时间意识”则进入大众文化的日常生活起居，与女人时装与商品形象相互交织。

而这段文字结尾所提及的“商业月份牌”，不仅无法总结前面有关中国现代性即线性时间进步观的大段论述，反倒开启了另一种颠覆前述现代性时间意识的可能性。“商业月份牌”结合公历与时装美女的视觉呈现，不正是在公历所标榜的“线性时间进步观”中，带入了时尚“循环时间复古观”的吊诡吗？而有关张爱玲的一则轶闻琐事，最是能明显点出这种进步及复古的吊诡时间意识。在杨翼编的《奇女子张爱玲》中就有以下的记载：

她为出版《传奇》，到印刷所去校稿样，穿着奇装异服，使整个印刷所的工人停了工。她着西装，会把自己打扮成一个十八世纪的少妇，她穿旗袍，会把自己打扮得像我们的祖母或太祖母，脸是年轻人的脸，服装是老古董的服装。

或是在上海女作家潘柳黛的追忆中，爱穿老祖母古董衣的张爱玲也曾兴致勃勃地邀她加入复古行列：

> 还有一次相值，张爱玲忽然问我："你找得到你祖母的衣裳找不到？"我说："干吗？"她说："你可以穿她的衣裳呀！"我说："我穿她的衣裳，不是像穿寿衣一样吗？"她说："那有什么关系，别致。"（《记张爱玲》）

老祖母的古董衣如寿衣般带着死亡的气息，是身体的坟场、时间的墓园、家族记忆的"历史残缺物"，但也同时是张爱玲眼中最别致的穿着打扮。张爱玲在《对照记》中，更津津乐道家传古董衣的珍贵。有一回姑姑拆了祖母的一床夹被的被面给张爱玲，好友炎樱帮忙设计成一件美丽的衣服，"米色薄绸上洒淡墨点，隐着暗紫凤凰"。又有一回舅舅从箱子里找出一件大镶大滚宽博的短毛貂皮袄，叫张爱玲拆掉面子用皮里子做件皮大衣。"我怎么舍得割裂这件古董，拿了去如获至宝。"

张爱玲对老祖母古董衣的迷恋，第一层的解释当然是祖传的古董衣见证了张爱玲贵族名门的出身，虽"陈丝如烂草"（更何况是用夹被被面、皮袄里子做衣），古董衣却是最"贴身"且"切身”之记忆，“回忆这东西若是有气味的话，那就是樟脑的香，甜而稳妥，像记得分明的快乐，甜而怅惘，像忘却了的忧愁”(《更衣记》,《流言》)。一如本雅明强调嗅觉记忆的“氛围”，古董衣上的樟脑甜香，恰是彼时彼地的时间距离的召唤。时间的身体感官经验，家族的兴衰沧桑历史，都具体而微成老祖母大镶大滚的古董衣，穿在身上，如获至宝。因此老祖母古董衣的第二层意义，便是其作为“过世 / 过时”的“历史残缺物”，古董衣是过去时间的寿终正寝，在现代性线性时间进步观的催逼下，无可避免地成为“老”古董，成为家族记忆的废墟。

但“别致”的古董衣，在爱读“俗气的巴黎时装报告”，又对时尚超敏感的张爱玲眼中，也同时是领先风潮的时髦打扮，她仿佛早一步参悟通透了时尚现代性线性与循环时间的吊诡，“新”即“依旧 / 衣旧”的逻辑，她欣然鼓吹自己与朋友不仅成名要趁早，就连复古也要趁早。张爱玲用老祖母古董短袄配时下的旗袍，是“旧”古董衣的“新”穿，也是“旧”古董衣与“新”旗袍并置的“混穿”，更是时间意识上今与昔辩证中所展现的重重“迭映”：过去的新衣已旧，旧了的新衣又可新穿，已旧的新衣又点出当下的新衣变旧的可能，当下的新衣又有过去旧衣的影子，一如当下的旗袍已是清朝旗袍的复古变形。

而更重要的是，“过时”的古董衣以贴身毗邻的转喻性一再提醒我们的，正是本雅明面向过去、背对未来的废墟寓言，透过本雅明的文明废墟意象与时尚作为古今迭映历史残缺物的唯物辩证，我们能更深一层理解张爱玲在面对家族沧桑、战乱时代所激发出史观上至为决绝的“荒凉”：“个人即使等得及，时代是仓促的，已经在破坏中，还有更大的破坏要来。有一天我们的文明，不论是升华还是浮华，都要成为过去。如果我最常用的字是‘荒凉’，那是因为思想背景里有这惘惘的威胁。”（《倾城之恋》，《再版自序》）破坏与灾难，高耸入云的历史残骸堆积，这种荒凉的时间意识绝非单纯的线性时间进步观所能涵盖。已为废墟的过去，提醒当下此刻即将废墟化，而“荒凉”正是因为在繁华盛处看见了文明废墟的惘惘威胁。废墟不在未来，废墟就在刚刚成为过去的当下此刻，废墟不是抽象概念，废墟就是身上那件有着樟脑甜香的老祖母古董衣。

这种古／今、新／旧迭映而产生的苍凉废墟感，既恍惚迷离又鬼魅奇异，张爱玲在《自己的文章》中有一段极为精彩传神的本雅明寓言式的描述：

> 这时代，旧的东西在崩塌，新的在滋长。但在时代的高潮来到之前，斩钉截铁的事物不过是例外。人们只是感觉日常的一切都有点儿不对，不对到恐怖的程度。人是生活于一个时代里的，可是这时代却在影子似的沉没下去，人觉得自己是被抛弃了。为要证实自己的存在，抓住一点真实的，最基本的东西，不能不求助于古老的记忆，人类在一切时代之中生活过的记忆，这比瞭望将来要更明晰、亲切。于是他对

> 于周围的现实发生了一种奇异的感觉，疑心这是个荒唐的，古代的世界，阴暗而明亮的。回忆与现实之间时时发现尴尬的不和谐，因而产生了郑重而轻微的骚动，认真而未有名目的斗争。

当下此刻与古老的记忆相互迭映，使得当下此刻犹如古代的世界般奇异莫名，既阴暗又明亮。果真张爱玲与本雅明一样，不喜欢瞭望将来而喜欢流目过往，过去总比未来明晰亲切，唯有在古老记忆的物质性基础之上，才能一再重温老祖母古董衣樟脑甜香的亲切与安稳。

# 上海城市感性：时尚与空间身体意识

在时尚与现代性的纠葛中，除了以“时”为尚的时间意识外，时尚也与西方工业革命后都市化的新兴空间意识息息相关。此处的空间，既指高楼大厦、马路公园的实质都市空间，也指与其相互形构的心理主体空间。那究竟城 / 乡差距在实质空间与心理空间上到底造成了何种剧烈的更动？最早映入眼帘的，自然是城市拥挤空间中持续流动的庞大人群。用波德莱尔抒情诗人的口吻言之，飞鸟与游鱼之于自然，一如人群之于城市，人群有如“一座庞大的蓄电池”，充满城市的动感与能量。有时人群又如轻雾薄纱，使得整座城市显得犹如幻影灯一般，既真实又神奇惊异。而摩肩擦踵的现代都会经验自然便造成了截然不同的空间身体意识：“在十九与二十世纪都会发展的每一个阶段，时尚呈现了人群与个人之间的张力。”（伊丽莎白 · 威尔逊，《梦中装扮：时尚与现代性》）

于是在这场人群与个人的空间身体互动中，第一个粉墨登场的当然是西方时尚现代性的头号表征：纨绔子。纨绔子乃为西方城市现代性中“以貌取人”的代表（其女性参考版本则为时尚交际花），不再以出身、家世、财富论英雄，而以外貌打扮为判准。“都会中众人皆以匿名性的方式伪装，而同时每个人越来越等同于他的穿着”（《梦中装扮：时尚与现代性》）。纨绔子穿着打扮的原则，乃以原创性、个体性、特立性为尚，企图建立一整套“自我崇拜”的仪式（《现代生活的画家》）。纨绔子以对时尚的细致敏感度傲视俚俗，耽溺于“惊吓他者的快感，以及绝不让自己被惊吓的骄傲满足”（《现代生活的画家》）。

而与纨绔子有异曲同工之妙的便是城市游闲者的诞生。对城市游闲者而言，居于城市的最大快感，便是可以匿名性的方式，“位人群之中心，处潮来汐往的移动，居变易与无限之中”，发展出一种前所未有、专属现代都会经验的自我 / 视觉中心化：“他是一个对‘非我’充满未餍足胃口的‘我’。”（《现代生活的画家》）而城市纨绔子又常与游闲者合而为一，在与都会人潮的互动关系中，开展出一整套新的城市空间身体展演：以城市为舞台，交织看人与被看、剧场与观众的目光。纨绔子 / 游闲者需要人群当观众，对其新衣炫服啧啧称奇，纨绔子 / 游闲者也需要人群当箭靶，裙长裙短，袖宽袖窄，领高领低，各种老土过气的穿着打扮，尽皆逃不过其法眼。而纨绔子 / 游闲者经由穿着打扮、时装展示所产生的强烈戏剧感，更被后来城市娱乐（如照相、电影与剧场等）

所强化，形成更细致多层次“看见自己被看见”的空间身体展演意识。

而这些西方研究城市现代性、时尚与身体意识的相关论述，究竟能帮助我们开展出何种探讨上海城市感性的新面向呢？上海从一个“文物寂寂”的“弹丸蕞尔之地”，自一八四二年《南京条约》五口通商开埠以来，华洋杂居、五方杂处，逐渐转化为近代中国面对西方物质文化冲击的最前线城市，更在二十世纪二三十年代成为耀眼夺目的国际都会，十里洋场上灯红酒绿、华衣美服。而上海作为中国第一个现代都市，其生活设施，像道路、煤气灯、自来水、电灯、电话、火车、公园、报纸与公共卫生等，在十九世纪末已逐步建设完成（唐振常，《市民意识与上海社会》）。早在十九世纪末的上海，就已然有现代拥挤繁忙都会的雏形，“蕞尔一弹丸地，举中国二十余省，洋行二十余国之人民衣于斯，食于斯，攘往熙来，人多于蚁。有酒食以相征逐，有烟花以快冶游，有马车以代步行，有戏园茗肆以资遣兴，下而烟馆也、书场也、弹子房也、照相店也，无一不引人入胜，既无一而不破人腰缠”（《申报》，一八九〇年十二月一日）。而此声色犬马的新兴城市与奢华消费，正说明了上海自十九世纪末到二十世纪初所经历的一场跨世纪城市消费革命，“新的消费时尚风靡了上海滩，塑造了新一代上海人的生活形象和性格”（乐正，《上海人的社交实质与消费性格》）。

在这场既改朝换代又改头换面的消费革命中，各种属于上海城市现代性的物质象征遂逐一齐备：“汽车（三辆一九三〇式的雪铁龙），电灯和电扇，无线电收音机，洋房，沙发，枪（一支勃朗宁），雪茄，香水，高跟鞋，美容厅，回力球馆，格拉夫顿轻绡，法兰绒套装，一九三〇年巴黎夏装，日本和瑞士表，银烟灰缸，啤酒和苏打水，以及各种娱乐形式：跳舞（狐步和探戈）。”（李欧梵，《上海摩登》）而上海城市感性与炫耀式消费中的最大特点，不仅在于改写崇尚节俭的传统、打破封建贵族的尊卑，更在于爱体面、讲排场，成功发展出以衣貌取人的“装体面”文化。而“装体面”的第一要务，当然是“时装”的体面消费、时髦讲究。上海人之“七耻”中的头一项，便是“一耻衣服之不华也”。这种“装体面”文化，当然可上溯自“薄华丽”的江南文化传统（参考钱杭，《十七世纪江南社会生活》；陈诏，《漫说苏州》），但更重要的是，“装体面”文化揭橥的正是上海都会化过程中身份认同“表面化”的倾向：以外在服装打扮取代出身与家世的不可考，以外在服装打扮开展“自我崇拜”的仪式。此种在新兴都会城市空间中与庞大陌生人群互动中所发展出的新空间身体意识，绝对无法以一句道德堕落、人心不古来蔽之。

然而华衣美服不可锦衣夜行，租界的大马路与公园便成了上海城市空间发展中不可或缺的身体时尚展演舞台。《申报》（一八七二年八月十二日）上有诗云：“四面周遭马路开，轮蹄飞处满尘埃，五陵挟妓并肩坐，十里看花转瞬回。”上海版的纨绔子／游闲者以狎妓冶游的方式展现自我，“邀勾栏女子乘车兜风，是当时上海租界的一大街景，上海人称之为‘出风头’”（乐正，

《上海人的社交实质与消费性格》)。但若不是乘车在四马路、大马路狎妓冶游，而是与仙阁女子在大街、公共花园中携手徜徉，则称作“吊膀子”。所以在大马路的“出风头”、别时尚苗头外，上海城市中的公共花园亦成为另一个重要“洋场十里，粉黛三千”的身体空间展演舞台。以于一八八五年对外开放的海派园林张园为例，除了传统园林的楼台水榭外，更有洋楼、酒吧、舞厅、网球场、弹子房、电气屋、照相馆与剧场等时髦西式建筑空间引人入胜，开上海华人欧化运动之风气，颇像同时期日本东京的鹿鸣馆。

而更重要的是，张园作为上海城市现代性的身体展示空间，彻底凸显了清末民初“贫学富，富学娼”的时髦取向：

> 《九尾龟》是一部描写清末民初嫖客与妓女的小说。书中描写那些有档次的倌人，每天中午起床，用过午餐后，就开始梳妆打扮。先用粉匀脸，描眉点唇，然后换上几镶几滚的缎袄褶裙，穿上三寸绣鞋，戴上项链、手镯、戒指，一切穿戴停当后，还不忘带上一把折扇和一方大红洋织手帕，这才袅袅婷婷地登上黄包车或马车，赶去张园亮相。(戴云云，《上海小姐》)

这段描写不仅让我们一窥当时上海时髦倌人从头到脚、时时翻新的穿着打扮，更能了解她们以张园为时装展示舞台、迫不及待要向世人炫耀的心态，正符合了“时世妆，时世妆，出自张园传四方”的说法。张园不仅是上海最早的西式综合性游乐场，也是清末上海时髦女子的时装表演舞台，由时髦倌人打头阵，良家妇女在后，彼此争奇斗艳，相互模仿较劲。又如每年春秋两次的马季，也是上海人定期的时装博览会，“人们总要穿上最时髦的衣服，乘车赶去观看。正如一部小说（《近十年之怪现状》）中写的那样，‘妓女的衣饰，个个炫异矜奇；阔少的马车，人人争强赌胜。外国人在那一边赛马，中国人在这一边赛怪现状’”（《上海人的社交实质与消费性格》）。

这种由城市空间身体意识所发展出的“出风头”“戏剧性”与“表演感”，在张爱玲视服装为“袖珍戏剧”的作品中至为明显。《倾城之恋》中穿着一身白蝉翼纱旗袍的流苏，在范柳原的眼中，“有一种罗曼蒂克的气氛，很像唱京戏”。《第一炉香》中葛薇龙与乔琪乔的一场爱情交易表演，更充满了纨绔子与交际花身份认同“表面化”“时尚化”的空间身体展演与意识纠葛。就连张爱玲自己在追述到与父亲、继母决裂的家庭场景时，即使是独处一室，即便是无可救平的创伤，也依然充满演员兼观众的“自己看见自己”的强烈空间身体展演意识：“我立在镜子前面，看我自己的搐动的脸，看着眼泪滔滔流下来，像电影里的特写。”

然而城市现代性中繁复幽微的空间意识演进，除了实质城市空间中的移动与观视，以及相随而来的身体戏剧展演外，就属公众 / 私密空间的暧昧性最为有趣。虽然传统研究一致强调城市现代性的空间特质，便在于公众与私密空间的二分，但由时尚意识的角度出发，反倒提醒我们城市现代性中公众/私密、时装/身体、意识/潜意识相互浸透的可能性。就先拿张爱玲两段谈公寓生活的文字来说：

> 公寓是最合理想的逃世的地方。厌倦了大都会的人们往往记挂着和平幽静的乡村，心心念念盼望着有一天能够告老归田，养蜂种菜，享点清福。殊不知在乡下多买半斤腊肉便要引起许多闲言闲语，而在公寓房子的最上层你就是站在窗前换衣服也不妨事！
>
> 然而一年一度，日常生活的秘密总得公布一下。夏天家家户户都大敞着门，搬一把藤椅坐在风口里。这边的人在打电话，对过一家的仆欧一面烫衣裳，一面便将电话上的对白译成了德文说给他的小主人听。楼底下有个俄国人在那里响亮地教日文。二楼的那位女太太和贝多芬有着不共戴天的仇恨，一搥十八敲，咬牙切齿打了他一上午；钢琴上倚着一辆脚踏车。不知道哪一家在煨牛肉汤，又有哪一家泡了焦三仙。(《公寓生活记趣》)

这两段文字清楚点出城/乡空间差异的重点，便在于城市匿名性与都会公寓隐秘性所带来的自由。但这样的匿名性与隐秘性却非一种城市主体的封闭状态，由文字中得知，张爱玲在公寓生活的存在样态，其实是充满空间意识的“浸透性”：视觉、听觉（不同语言与音乐）与嗅觉（牛肉汤与焦三仙）的杂陈共置。这种集合所有官能瞬时共感的空间意识状态，早已溢出公共空间/私密空间的二分。

而这种空间意识的“浸透性”是否也可以是一种身体时尚意识的“浸透性”呢？如前所述，五光十色、摩肩接踵的现代性城市经验，让我们都成了“配备了意识的万花筒”，充满外在与内在不稳定的流动状态。城市个人主体性的心理基础，便是“外在与内在刺激快速持续交替下，所造成情感生活的紧张激烈化”（齐美尔，《大都市与心灵生活》）。而在城市强烈、片段、纷杂、错乱、变易无常的感官刺激中，城市人往往必须发展出一套自我“保护机制”，不仅强调理性与算计，更对各种惊奇怪异保持一副处变不惊、冷漠疏离、“无动于衷”的老鸟姿态（《大都市与心灵生活》）。因此在一些研究城市现代性的理论家眼中，时尚也是这样的一套自我“保护机制”，不仅降低外在的刺激与窥视，区隔个人与人群，更能将城市现代性主体无能避免的“边界流动性”，借由时装加以框束，有如“铁面”与“灵魂的栅栏”（齐美尔，《时尚》）。

这样的说法，显然严重忽略了时尚在自我“保护机制”外，作为自我“展演机制”的吊诡：回避窥探的同时又挑逗目光，与人群区分的同时又与大众流行同步。对城市现代性主体而言，时尚究竟是减低还是强化了身体意识的“边界流动性”呢？且看看张爱玲用广东土布做的时髦衣裳怎么说：

> 这两张照片里的上衣是我在战后香港买的广东土布，最刺目的玫瑰红上印着粉红花朵，嫩黄绿的叶子。同色花样印在深紫或碧绿地上。乡下也只有婴儿穿的，我带回上海做衣服，自以为保存劫后的民间艺术，仿佛穿着博物院的名画到处走，遍体森森然飘飘欲仙，完全不管别人的观感。(《对照记》)

在上海城市的舞台，以乡下土布做身体时尚展演（复古风要趁早，民俗风也要趁早），不管别人观感的同时，也是在预期与实际上别人不以为然的观感中，更觉飘飘欲仙。但文中最为吊诡的字眼，却是“遍体森森然”几字，鲜艳醒目的花布不仅是图案上草木繁密的“森森然”，也是身体肌肤感官上敏感战栗犹如高潮经验的“森森然”。衣服犹如意识，意识犹如边界，而边界犹如薄膜，所有视觉、听觉、嗅觉、触觉的“浸透性”从未休止停歇。

如果诚如张爱玲所言，在城市里住久了，听不见电车声就睡不着觉，“城里人的思想，背景是条纹布的幔子，淡淡的白条子便是行驶着的电车——平行的，匀净的，声响的河流，汩汩流入下意识里去”。电车声如“纹布的幔子”，由意识进入下意识，那穿在身上的“纹布的幔子”，是否也会经由皮肤进入身体，由身体进入意识，由意识进入潜意识呢？宽袖大袍的前现代衣架子与“喇叭管袖子”的现代衣架子，由清朝到民国的时尚意识萌芽，具体而微地镶嵌在上海这一由开埠发迹到成为“东方巴黎”的时尚之都，都在张爱玲笔下敏感细致地呈现，时尚意识在时间与空间上的交织，使得张爱玲的作品既虚中有墟，更实中有时。这时尚意识“虚／墟／实／时”的扑朔与迷离，不正是张爱玲苍凉废墟感中特有的华丽展演之姿吗？

# 城市是件花衣裳

空间——我的空间——并非我建构“文本性”之脉络，而首要是我的身体，然后是我身体的对应物或“他者”，身体的镜像或阴影：一边是与我的身体碰触、穿刺、威胁或有所帮助，另一边是所有其他的身体，而空间便是介于其间的变动交会。

昂列·列斐伏尔，《空间的生产》

身体的“穿衣打扮”和城市的“穿街走巷”有何关联？建筑的“穿堂过室”又与文学叙事的“穿针引线”有何纠葛？

一切就从张爱玲的一件花衣裳开始谈起。张爱玲曾提到她有件广东土布做的上衣，“最刺目的玫瑰红上印着粉红花朵，嫩黄绿的叶子。同色花样印在深紫或碧绿地上”。此购于战后香港的鲜艳土布，在乡下也只有婴儿在穿，却被张爱玲带回上海做成了衣裳，还欣喜雀跃地穿上街去，“自以为保存劫后的民间艺术，仿佛穿着博物院的名画到处走，遍体森森然飘飘欲仙，完全不管别人的观感”。在创作美学上一向强调“参差对照”的张爱玲，在穿着美学上却是如此胆大热烈。这件大红大绿的土布花衣裳，除了“有一种可喜的刺激性”外，更明显实践了张爱玲在上海文坛独树一帜、领先流行的“复古风”“民俗风”打扮。然而在《对照记》中有图为证的两张照片，因属黑白，看不出来张爱玲所形容的那种俗艳花色。但就在张爱玲短短的一段文字叙述中，却揭露了身体与城市空间的细致交织。首先是城乡的对立与地理时空的转换，原产地广东乡下的土布，流通到香港城市贩卖，而在香港购得的土布，又被带到另一个更形繁华的城市上海裁制成衣。这由布而衣、由香港到上海的消费过程，不仅标示着张爱玲个人生命经验的城市空间移动，也由“战后”与“劫后”二词隐隐点出乱世偷安的心态与衣饰作为一点点放恣不安分的补偿心理。在上海的街头，一件广东土布做成的花衣裳，揭示了乡下 / 城市、手工艺 / 商品、博物馆 / 街头、静态呈现 / 动态展演的越界流动想象，成为张爱玲城市传奇中“奇装异服”的又一项力作。

但在这段文字叙述中，真正最具文学渲染力与饱满身体感官经验的，却是“遍体森森然飘飘欲仙”一句。“森森然”者，树木深密茂盛之状，也指身体的阴寒战栗之貌。张爱玲的花衣裳，由具象的浓密花草衣料图样，转到身体皮肤表面的敏感栗动，再转到全身上下通体畅快的飘飘欲仙，既是衣料花色质地与身体皮肤表面摩擦触碰的“皮肤情欲”，更是心理与物质的摩擦触碰、身体与空间的摩擦触碰。“遍体森森然飘飘欲仙”便是一种身体—城市的“体感”，此处“体感”所强调的不只是身体局部的“触感”（以手指或皮肤表面为主要范围），更是身体移动本身的运动知觉与身体—环境的贴身接触。正如保罗·罗德威在《感官地理》一书中所言，“体感”一词涵盖了皮肤的触感、身体部位的动作，以及身体在环境中的移动穿越。而身着土布花衣裳在上海城市空间中移动的张爱玲，她的身体—城市“体感”书写至少包含了下列三种层面的相互转换：一是视觉与触感的交织，花衣裳是用来看的（给自己看，也给别人看），也是用来穿的，“遍体森森然飘飘欲仙”既是“观看”更是“官能”的交织；二是“移动”与情感的牵引，穿着花衣裳“到处走”的张爱玲，是经由身体在城市空间的移动而造成感官与情感的流动，“遍体森森然飘飘欲仙”便是性别身体城市移动时的“情生意动”；三是城市作为一种“体现”的重要性，女人的花衣裳不再只是城市的“视觉景观”，而是女人在城市生活中充满丰富官能感的身体展演，“遍体森森然飘飘欲仙”是城市把女人穿在身上、女人把城市穿在身上的日常生活践履。[1]

---

1　张爱玲大概可以说是当代华文作家中“体感”经验最丰富，也最走火入魔的一个人。以衣服的“体感”经验而言，不是每件衣裳都可以像广东土布那样让她“遍体森森然飘飘欲仙”的，有的衣裳反倒让她“遍体鳞伤”：“有一个时期在继母治下生活着，拣她穿剩的衣服穿，永远不能忘记一件暗红的薄棉袍，碎牛肉的颜色，穿不完地穿着，就像浑身都生了冻疮；冬天已经过去了，还留着冻疮的疤——是那样的憎恶与羞耻。”（《童言无忌》）而张爱玲那句最脍炙人口的名言——“生命是一袭华美的袍，爬满了蚤子”（《天才梦》）——更一语成谶，这“咬啮性的小烦恼”迫使她在晚年居无定所，以不断搬家的方式逃避蚤祸。而张爱玲对居所的“体感”经验也异常丰富生动，尤其是《私语》一文，详细追忆了她在天津与上海的家，《公寓生活记趣》一文更展现了她对城市现代性中私密 / 公共空间的“渗透性”之精细观察。

于是，张爱玲笔下的一件土布花衣裳为我们带出了如此繁复细致的文字—意象流动与身体—城市交织。而本章便是企图在这个城市花衣裳的出发点上，思考如何由身体的“穿衣打扮”串联建筑的“穿堂过室”与城市的“穿街走巷”，让“穿着”的皮肤情欲与“穿越”的身体动态相互交织，让“穿”成为身体在空间移动时充满情欲与记忆的动态表面，层层交织延展穿衣、穿建筑、穿城市的“体感”经验，让空间成为身体—城市“介于其间的变动交会”，让所有官能敏感的“表面”都成为开放流动的“界面”，在身体与衣饰之间，在身体与建筑之间，也在身体与城市之间。此种“介于其间”的流动思考模式解构了传统身体 / 衣饰、身体 / 建筑、身体 / 城市的二元对立（主体 / 客体的对立、内 / 外的对立），企图开放出彼此的相互交织与情感动态。而本章不仅尝试阅读此“体感表面即界面”在当代杰出女作家文字书写中的展现，更企图由此建构（编织）出一套有关“衣文本”的城市居住与穿着理论。何谓“衣文本”？可先由两组字词开始谈起。第一组是有关衣饰—居住—身体习癖的关联，正如英文中的 habit—habitus—habitation—habitat，皆来自相同的拉丁字源 *habitare*（居住）。英文 habit 既指身体经常性重复的习惯动作，也指某些特定的宗教服饰或骑马装束。而 habitus 在法国当代理论家皮埃尔 · 布尔迪厄的加持后，更成为个人成长过程中“体现的历史”，受到家庭与社会机制不断的变动塑形，让过去的教养与规训具体而微地“居住”在当下的身体之中，从气质、喜好到姿态、动作，无所不包。而不论是较为强调人为居住环境的 habitation 或较为偏向自然栖息与繁殖地的 habitat（当然我们也不要忘记，Habitat 也是目前欧美世界享誉盛名的大型家具与室内装饰连锁店的名称），都与 habit, habitus 一样，皆指向“穿着—居住—建筑”的字源联结，以及身体与贴身环境的交织。张爱玲曾说，“我们各人住在各人的衣服里”，人生如寄而衣饰若宿，那 habit—habitus—habitation—habitat 这组字词便更扩大了衣服—房子—城市之间的移动想象可能。如果身体是一间屋子，而城市是一件衣服，那我们便是在衣服、房子与城市的“居住”中做身体的游移。

第二组字词则是围绕在织品—质感—文本性的关联之上，亦即英文中的 text—textile—texture—textuality，其皆来自相同的拉丁字源 *texere, textum*（编织，织品）。本雅明曾言，“拉丁字 *textum* 指的是‘织品’，没有人的文本比马赛尔·普鲁斯特所织的更密实”，而解构主义理论家雅克·德里达早就先一步点出“文本”即“织品”的字源关联。因而这组字词所凸显的“文本”，便不再只是新批评式封闭的细读对象，也不仅仅是后结构理论中语言符号的表意系统，而是在强调表意的开放流动与互为文本的同时（文字文本与非文字文本的经纬交错、阡陌纵横），也将“文本”作为织品的纹理质地，“文本”作为身体痕迹、铭刻与书写的承载与“文本”作为历史物质体现的可能带入讨论，让文本如织品、文本如衣服一般有质地、有碰触、有摩擦、有情感牵动，成为有“体感”的文本。因此“衣文本”便是 habit—habitus—habitation—

habitat 与 text—textile—texture—textuality 两组字词的进一步交织，同时凸显身体—城市作为居住与移动的“空间织理”，与衣服作为“身体—建筑—城市”的“隐喻”与转喻可能。“衣文本”指的不再只是以时尚服饰为主题的静态文本书写，“衣文本”指的是体感表面即界面的城市身体移动，从衣服的贴身环境、居所的贴身环境到城市的贴身环境，不断展开“介于其间”的穿梭交织，不断诱发着触感情欲、身体想象与城市记忆的文本书写。以下将分别以张爱玲的《红玫瑰与白玫瑰》、朱天文的《世纪末的华丽》、朱天心的《古都》为例，探讨此城市—身体“衣文本”的论述发展可能性。虽然这三位女作家的三篇文学文本，在城市体感经验的侧重上有所差异（张爱玲的上海“建筑”空间、朱天文的台北跨国“时尚”空间与朱天心的台北—京都“城市”空间），但在“空间织理”的书写上，却展现同样惊人的细致与敏感，其身体—城市—文本彼此交织缠绕的丰富官能性，自有当代其他华文城市书写未能望其项背之处。

# 张爱玲的体感公寓

张爱玲的短篇小说《红玫瑰与白玫瑰》提供了两种文学譬喻的解读方式：一种是"隐喻"式的阅读，就像小说一开头就点明"红玫瑰"是热烈的情妇，"白玫瑰"是"圣洁的妻"，带出了玫瑰与女人的对应，红、白与女性情欲样态上放荡（王娇蕊）和保守（孟烟鹂）的对应。但同时小说也提供了另一种"转喻"式的阅读，透过对女性生活物质环境的细节描绘，而让隐喻式稳定的对应关系不断旁生枝节，产生空间与时间上的置换取代。而本章则是企图在红白玫瑰这组众所皆知的隐喻之外，带入"公寓房子"作为城市空间与身体情欲的"隐喻"与"转喻"之可能性，既是城市居住的实质空间，也是文学心理想象与欲望投射的譬喻空间。

有一回佟振保与王娇蕊在阳台上打情骂俏，娇蕊含笑说道："我的心是一所公寓房子。"振保先是俏皮响应："那，可有空的房间招租呢？"紧接着又半正经地说道："可是我住不惯公寓房子。

我要住单幢的。”作为上海城市中产阶级新兴住所的“公寓房子”，在此处成为娇蕊情欲流动的隐喻（与多人共居共处于同栋公寓，先与房客孙先生有暧昧情愫，又与现任房客振保有染），非振保理想中“单栋”即“单一性爱对象”“一夫一妻制”的投射向往。而后坠入情网的娇蕊，每日在公寓房子里守候着振保归来，听见公寓电梯开上开下，一颗心也随着七上八下，这般痴情守候却被振保嘲笑道：“你心里还有电梯，可见你的心还是一所公寓房子。”娇蕊无奈地回答：“你要的那所房子，已经造好了。”反倒让迟了好一会才回过意的振保心有戚戚，拿笔写下“心居落成志喜”，借双关语“新居 / 心居”回应娇蕊的情感付托。然而“房子”作为“心”的譬喻，却终究还是留不住振保的心，他要的最终还是单门独栋的“新”居，搬出娇蕊的公寓房子，娶了宽柔秀丽的孟烟鹂，也搬进了临街有着小小天井花园的“洋式石库门弄堂房子”，振保才算有了自己的家。

然而《红玫瑰与白玫瑰》在城市空间与情欲想象上的丰富渲染力，不是来自“公寓房子”作为情感的“隐喻”，而是来自“公寓房子”作为情欲的“转喻”，以及由此“转喻”所发展出的由身体—衣服—建筑—城市相互接触摩擦的“空间接触感染”与“毗邻美学”。振保与娇蕊第一次见面时，正在洗头发的娇蕊一不小心，就把手上的肥皂沫子溅到了振保的手背上，“他不肯擦掉它，由它自己干了，那一块皮肤上便有一种紧缩的感觉，像有张嘴轻轻吸着它似的”。这第一回合肥皂沫子的接触感染，让皮肤表面的物理现象，渲染出情欲接触的身体想象，接着便在第二回合中让我们看到娇蕊的一件浴衣如何渲染出更多的空间情欲想象：

> 一件纹布浴衣，不曾系带，松松合在身上，从那淡墨条子上可以约略猜出身体的轮廓，一条一条，一寸一寸都是活的……他开着自来水龙头，水不甚热，可是楼底下的锅炉一定在烧着，微温的水里就像有一根热的芯子。龙头里挂下一股子水一扭一扭流下来，一寸一寸都是活的。振保也不知想到哪里去了。

纹布浴衣的线条带出了娇蕊的身体轮廓，让只是想回房放水洗澡的振保也忍不住意乱情迷了起来，整间浴室都化成娇蕊的浴衣身体，连水龙头流下的热水都“一寸一寸都是活的”。后来因为被告知公寓的热水管线有误，振保得到娇蕊刚刚才使用完的浴室洗澡才行。振保站在水汽蒸腾的浴室里，看到满地娇蕊牵牵绊绊的落发，“他把它塞进裤袋里去，他的手停留在口袋里，只觉浑身热燥”，于是娇蕊掉落在浴室地上的头发，让她与振保的初次见面有了第三回合的接触感染。走进了公寓的振保，也走进了娇蕊流动的情欲空间，里里外外的所有区隔与界限、规范与逾越、真实与幻境，都暧昧模糊了起来。

而在家见客的娇蕊，身穿纹布浴衣，湿头发上胡乱缠上白毛巾，“毛巾底下间或滴下水来，亮晶晶缀在眉心”，便和初次见面的振保、笃保上桌吃饭，这种不拘束的穿着打扮，呼应着娇蕊不拘束的情欲流动，让振保这“一个最合理想的中国现代人物”无助地继续陷入那令人意乱情迷、一触即发的“空间接触感染”：“她在那间房里，就仿佛满房都是朱粉壁画，左一个右一个画着半裸的她。”这里我们看到的是两种不同（性别化）的身体空间，振保的身体空间是要“创造一个‘对’的世界，随身带着。在那个袖珍的世界里，他是绝对的主人”。而这种借由“封闭”道德系统与主体想象所发展出的身体空间，也呼应到城市现代性中强调智识与理性的男性“单一个体”，强调“正当”与“财产”的布尔乔亚阶级认同。诚如德国专研城市现代性的社会学者格奥尔格·齐美尔所言，城市乃感官刺激与声色诱惑之所在，其快速变换的步调与节奏，大大异于乡镇生活的舒缓与平稳，让人时时恐惧被城市的不明空间所吞噬，被城市的匿名人潮所淹没。故面对城市千变万化的五光十色与声色犬马时，必须发展出一套“麻木厌倦”的心理保护机制，如铸铁面具般强化不断被感官与情绪牵动的主体认同。于是城市（男性）主体意识遂在资本主义劳动分工与货币经济的催化之下，形构出一种“理性算计的经济自我本位主义”，而小说中出洋留学、任职英商纺织厂工程师的振保，正是这种巩固“单一个体”、封闭身体空间的最佳代表。

而另一方面则是娇蕊所代表的身体空间，一种不拘束、不规矩的情欲样态，充满内／外、公众／私密的模糊与流动，没有身体—居所的明确边界。新加坡华侨非“纯种”中国人身份的娇蕊，被当成情色与异国情调的结合体："换上了一套睡衣，是南洋华侨家常穿的沙笼布制的袄裤，那沙笼布上印的花，黑压压的也不知是龙蛇还是草木，牵丝攀藤，乌金里面绽出橘绿。"结婚前爱玩，结婚后依旧不安分的娇蕊，喜欢站在公寓阳台上随意往街上吐茶渣，更喜欢穿着颜色鲜烈到让人色盲的性感衣服："她穿着的一件曳地的长袍，是最鲜辣的潮湿的绿色，沾着什么就染绿了。她略略移动一步，仿佛她刚才所占有的空气上便留着个绿迹子。衣服似乎做得太小了，两边迸开一寸半的裂缝，用绿缎带十字交叉一路络了起来，露出里面深粉红的衬裙。"鲜绿的外衣"向内"包裹不住粉红的衬裙，鲜绿的外衣"向外"却扩张到将身体周围的空气都染成绿色，这内衣外"穿"（穿透渲染）同时模糊了衣服内 / 外与身体内 / 外的边界。娇蕊的衣服太小，让内衣春光乍泄了出来，娇蕊的衣服也太大，大到沾染了整个屋里的空气。这种让衣服的"表面"成为"界面"的情欲渲染与毗邻美学，便可呼应到城市空间中摩肩接踵的身体接触，声色官能的持续穿刺与公众 / 私密空间的相互渗透。城市经验就是一种身体—衣服—建筑—城市的"空间接触感染"，对强调身体明确边界的男性封闭主体而言，这种对"空间接触传染"的恐惧，自然被阴性化投射成为放任情欲流动的女性开放主体，既充满威胁又充满诱惑。

而好不容易逃出娇蕊情欲公寓的振保，决定迎娶良家妇女孟烟鹂，正在于她有着一个病态式排斥外界、犹如绝缘体般区隔出明确边界的封闭身体："她的白把她和周围的恶劣的东西隔开来了，像病院里的白屏风。”烟鹂成为振保心中“单栋”的“洋式石库门弄堂房子”，没有与人共享的电梯走道，也没有与人分租的房间。而这栋石库门房子正是振保一手打造的世界，中产阶级城市男性的家的幻想，一个充满内在私密性的幻象，而没有自我，也没有自我空间的烟鹂，便成为男性家中的天使、男性的私密空间：“我是你的房子。当你离开时，放弃了此居住之地，我不知如何处置我四周的墙。我可曾有过一个不是依照你理念打造出的身体吗？我可曾感受过一层不是你要我居住于其中的皮肤吗？”（伊里加蕾，《基本的激情》）于是不喜欢运动的烟鹂，就连“最好的户内运动”也不喜欢，日积月累就成了一个振保眼中极度乏味的妇人。

然而烟鹂所代表的“单栋”布尔乔亚之家还是不可能达成真正的“封闭性”。振保的家“浅灰水门汀的墙，棺材板一般的滑泽的长方块”，但墙头上却有盛开的夹竹桃，街上像懒蛇一般飘了进来的笛声，更有屋内烟鹂有事没事就扭开的无线电新闻报告。“（私有）财产之界定……在于封闭的边界”，“所有空间封套暗示了内与外的阻隔，但此阻隔却总是相对性的，如薄膜一般，总是具渗透性的”（列斐伏尔，《空间的生产》）。而渗透进振保家里的，不仅有无线电里侃侃而言的男子声音，更有现实生活中为太太小姐们量身做衣的男子裁缝。振保在无意间发现性冷淡的妻子居然与裁缝有染，望着一对没有经验的“奸夫淫妇”，振保却一时间下不了手毁掉自己亲手建立起来的家的幻象，只是对烟鹂被“玷污”

的身体更充满了鄙夷与不屑：

> 他在大门口脱下湿透的鞋袜，交给女佣，自己赤了脚上楼走到卧室里，探手去摸电灯的开关。浴室里点着灯，从那半开的门望进去，淡黄白的浴间像个狭长的轴。灯下的烟鹂也是本色的淡黄白。当然历代的美女画从来没有采取过这样尴尬的题材——她提着裤子，弯着腰，正要站起身，头发从脸上直披下来，已经换了白地小花的睡衣，短衫搂得高高的，一半压在颔下，睡裤臃肿地堆在脚面上，中间露出长长一截白蚕似的身躯。若是在美国，也许可以做很好的草纸广告，可是振保匆匆一瞥，只觉得家常中有一种污秽，像下雨天头发窠里的感觉，稀湿的，发出嗡郁的人气。

婚后得了便秘症的烟鹂喜欢在浴室里一坐坐上几个钟头，不思不想不说话，定了心生了根，只是低头看着自己雪白的肚子与肚脐眼发呆。没想到自己落魄邋遢的如厕模样，竟被回家的丈夫瞧个正着，继而产生一种藏在身体发肤之内的污秽与厌弃感。烟鹂的浴室不是娇蕊“一触即发”的浴室，就如烟鹂的“石库门房子”不是娇蕊让人意乱情迷的“公寓房子”。烟鹂所在的浴室没有情欲的水汽弥漫，也没有满地牵绊的乱发，她那安分家常“白地小花”的睡衣无力向外渲染空间，而是以便秘与自闭的方式极度向内挤缩，形成所谓的封闭主体。

布尔乔亚的浴室与“私密性”身体空间的历史发展有着极大的关联，而浴室作为身体—城市空间的历史沿革，更与“洁净”“私密身体”与家居生活的空间配置环环相扣（乔治·维伽雷罗,《洁净的概念》)。以西方的空间建筑发展史为例，一八八〇年之后才有独立的浴室空间，并且此浴室空间逐渐成为仅容纳一人使用（沐浴、盥洗或如厕）的绝对私密空间，没有任何他人（包括配偶与仆人）可以共同参与。显然被瞥见“中间露出长长一截白蚕似的身躯”的烟鹂，终究不保身体空间与如厕空间作为最终私密性的部分。在振保眼里，“白屏风”的烟鹂现在“像是浴室里的墙上贴了一块有黄渍的旧白蕾丝茶托，又像一个浅浅的白碟子，心子上沾了一圈茶污”，只有被沾染、被玷污的被动性，而无去感染、去渲染的主动性。而更反讽的是，当布尔乔亚最终私密性的空间变得如此污秽不堪时，自我封闭到便秘程度的烟鹂还是红杏出了墙。如果“红玫瑰”的“公寓房子”对振保的吸引，建立在开放身体空间与封闭身体空间的冲突想象之上，那“白玫瑰”的“洋式石库门弄堂房子”引发振保的挫败，则是建立在布尔乔亚之家封闭与渗透的矛盾之上。张爱玲的《红玫瑰与白玫瑰》，不直接援用惯常的都会公共空间符码（像摩天大楼、跑马场、舞厅等），而是在家居私密身体的空间铺陈上，借由一个男人所投射出不同身体—情欲样态的两个女人，带出上海现代性中身体—城市所交织出的复杂空间意识。而《红玫瑰与白玫瑰》作为张爱玲的上海“衣文本”，正在于让我们同时看到女人情欲“向外”的强大空间渲染力与“向内”变态病态的扭曲自闭，在这身体—城市的流动空间中，任何巩固“单一个体”封闭想象的意图，怕终究是徒劳一场。

# 朱天文的软建筑

朱天文的《世纪末的华丽》叙述一位以超感嗅觉和颜色记忆存活的后现代台北巫女米亚，她十八岁起开始时尚模特儿生涯，二十岁遇见中年建筑师情人老段，二十五岁便已觉年老色衰，养满屋子的干燥花草，打算以手工制纸的技艺终老。整篇小说的叙事便以“嗅觉记忆”（安息香、薄荷花草茶、太阳光味道等）和“颜色记忆”（紫、海滨浅色调、浪漫灰等）的线索，在现在与过去的交错时空中倒叙与跳接。于是书中出现大量的时尚书写与名牌服饰信息，对国际知名时尚设计师川久保玲、加利亚诺、拉克华、亚曼尼、三宅一生等人的服饰美学如数家珍，并以此时尚书写串联小说叙事的推展。这种“不事情节，专写衣裳”的书写方式，让《世纪末的华丽》在作为“城市（末世）寓言”之外，更多了作为铺展（后）现代身体—城市时尚意识、交织台北都会女子“感觉结构”与都会空间织理的“城市体现”之可能。[1]意象丰富、情欲饱满的《世纪末的华丽》，其潋滟流光的美学风格，正是建立在一连串的内在矛盾与冲突之上，既在“叙事声音”与“故事角色”的矛盾之上，也在“城市寓言”与“城市体现”的张力之上，更在时尚作为全球资本主义符号体系的吊诡之上，亦是时尚作为无深度、抽象符号的“光滑表面”与服饰作为身体记忆的“体感表面”之间的吊诡。[2]

对米亚这样一名台北“土生土长”的都会女子而言，台北之外的台湾竟然有如他乡异国般陌生。小说中叙述到有一回米亚提了背包离家，随便搭上一列火车南下，“越往南走，陌生直如异国”，而迫不及待“要回去那个声色犬马的家城”。唯有当她再度看到台北闪烁着大霓虹墙的街道与百货公司、骑楼地摊时，才又如鱼得水地活了过来。

> 这才是她的乡土。台北米兰巴黎伦敦东京纽约结成的城

---

1 本章对相关议题的切入方式，乃是企图在“城市寓言”“美人白骨”“食伤的情欲”式读法（置身华靡熟烂的官能世界里，以领悟爱欲劫毁、色即是空的末世苍凉）之外另辟蹊径，强调城市作为一种身体经验如何被米亚穿在身上，而在这“符号上身”的城市物质“服号”中，又如何交织着身体意象与地理空间的成长记忆。

2 《世纪末的华丽》以第三人称全知全能的观点发展，但在“叙事声音”与“故事角色”上却有刻意明显的断裂：故事角色明明是一位青春正茂、追赶时髦的女模特儿，但叙事声音却一径苍凉老练。这“苍老”叙事声音与“年轻”故事角色之间的不协调，或许正是作者蓄意经营下“觉今是而昨非”的强烈对比，让一名贪看世界绚烂的绮貌女子、拜物拜金的物质女郎，突然之间看破红尘、由色悟空。但即使如此，仍然不掩小说中“叙事声音”与“故事角色”的断裂。

市邦联，她生活之中，习其礼俗，游其艺技，润其风华，成其大器。

在这段短短的文字叙述中，隐含了两个相当吊诡的身体—城市想象。首先是打破了“城市”与“乡土”的传统对立关系，台北既是城市，也是“生于斯、长于斯”的乡土。此处的“乡土”不再是城市经验之外的土地认同，而是城市经验之内的“家城”。接着这个作为乡土依归“根源”的台北家城，更进一步成为与全球时尚都会串联的“路径”，而牵引出跨国的“城市邦联”想象，不是血缘、土地、人民的历史地理联结，而是流行时尚的全球同步与影像、信息的快速流通。如果台北即乡土的吊诡，巧妙规避了传统有关台湾“现代文学”与“乡土文学”的论战而重新以“城市”定义“乡土”，那“城市邦联”作为另类的时尚“想象共同体”，则是以更为“肤浅”的方式挑衅当前以民族国家为基础所发展出独大的国族认同论述。换言之，这段短文潜在的激进性，正是以时尚为表征的资本主义全球化，如何跳脱“乡土认同”与“国族认同”，而直接与国际都会接轨，让小说文本中米亚所代表的 cosmopolitan 可以一语双关地同时指向超越民族国家利益与界限的、“国籍不明”的“世界主义”与全球流通发行的流行时尚杂志。

于是以台北作为家城而国籍不明的米亚，便是小说文本重新书写城市—性别—身体的关键。诚如女性主义文化研究学者伊丽莎白·威尔逊所言，在以“男性城市意识”为主的发展中，城市中所有有关人潮攒动、失序混乱、性欲流窜的现象，皆被阴性化为具有威胁与诱惑力的女人形象，潜伏在城市迷宫中心的，不是牛头人身的男性怪物弥诺陶洛斯，而是狮身人面的女性怪物斯芬克斯（参考威尔逊，《城市中的斯芬克斯：城市生活、失序控制和女人》）。而米亚时尚模特儿的身份，便巧妙带出都会女性由被观看客体转换为感官主体的可能性。华衣美服的米亚不是纯粹时尚符号中“一个行尸走肉的身体”（詹宏志，《一种老去的声音：读朱天文的〈世纪末的华丽〉》），一旦当时尚流行与米亚的身体记忆相互交织时，原本被掏空的“符号”形式，便能时时转换成充满嗅觉与颜色、饱满情欲官能的“服号”记忆。米亚从小就是一个官能经验丰富的女子，“还不知道用柔软精的那年头，衣服透透晒整天，坚质粝挺，着衣时布是布，肉是肉，爽然提醒她有一条清洁的身体存在”。长大当了时尚模特儿的米亚，依旧对服装有着超级敏锐的感应，从一件橱窗里展示的摩洛哥式长外衣，就能嗅闻出神秘麝香，以及由嗅觉导引出的华颜丽色，“印度的麝香黄。紫绸掀开是麝黄里，藏青布吹起一截桃红衫，翡翠缎翻出石榴红”。

因此《世纪末的华丽》中的时尚书写，同时提供了时尚作为后现代“光滑表面”（无深度的抽象符号）与服饰作为城市记忆“体感表面”（加上时间的四维空间织理）之可能。一方面以“流行时尚”作为铺陈世纪末颓废氛围与唯美想象的核心，在简略的情节叙述中，加入大量片段式、符号化的流行信息，精准地带出强烈的时代脉动感，生动描绘二十世纪八十年代台北国际都会化与资本商品化的面貌，以时尚地景作为城市地景的最佳表征，以快速流动的时尚符号拼贴，让与世界同步的流行时尚，成为世纪末后现代台北都会的症候群表征。但在另一方面“流行时尚”却也是米亚及其圈内好友记录青春、装扮角色的身体官能记忆。“纸上服装秀”成功地解构了传统观念下的性别与性欲取向，将性别认同透过服装打扮“表面美学化”。于是，女强人与性感女神可以只是垫肩与透明薄纱的差别，而小碎花荷叶边与骑师夹克农夫裤，就可让米亚与她的女朋友宝贝假凤虚凰地上麦当劳吃情人餐。自恋的小凯穿重金属服装表达叛逆，小葛以五十年代合身衣裙装扮女人味，杨格用利瓦伊牛仔裤来打造落拓情调。而米亚则更是从内衣外穿、雌雄同体到军装、乞丐装的打扮一路走来，她曾迷恋的男朋友后来多成了同性恋者，而迷恋她的女朋友，后来却成了独力抚养女儿的单亲妈妈。流行时尚不仅让性别成为扮装游戏，也让异（性恋）中有同、同（性恋）中有异的性欲取向变得更为扑朔迷离。因而对台北巫女米亚而言，流行时尚既是抽象符号拼贴的“光滑表面”，也是一群好友死党游荡台北、转战伸展台的“体感表面”，充满身体成长记忆中假凤虚凰、性别扮演的痕迹。

而更重要的是，《世纪末的华丽》提供了身体—城市想象中“软建筑”或“织品建筑”的显现的可能。首先当然是服饰与建筑空间装饰的对应，安息香让米亚回到一九八九年的印度热中，以锡克教式裹头巾，“搭配［十九］世纪末展露于维也纳建筑绘画中的装饰风”，其中又以克林姆缀满亮箔珠绣的装饰风为个中翘楚，让时尚成为建筑—绘画—服饰三位一体的表面装饰“软建筑”。或是意大利设计师罗密欧·吉格利以庞贝古城壁画为宗，“采紧身裹缠线条发挥复古情怀”，又是一则壁饰与衣饰、身体与建筑之间的延伸。就连米亚好友宝贝开的花店，“繁复香味的花店有若拜占庭刺绣，不时涌散一股茶咖啡香，唤醒邃古的手艺时代”，让空间布置、织品图样与嗅觉、颜色的记忆相互交织。即使回到米亚吃喝坐卧界限模糊的室内空间，摆设上也以五个出色的大垫子为主，细心的老段察觉出其中差异而赢得芳心，“那两个蜡染的是一处，那两个郁金香图案进口印花布的是一处，这个绣着大象镶钉小圆镜片的是印度货”。身体作为房子、房子作为身体，对米亚而言，衣饰打扮与室内装潢都是具有情感质地与空间织理的“衣文本”。

而米亚楼顶倒挂着各种干燥花草的铁皮篷架，则是台北“城市地景”的另一种“时尚地景”，亦即“铁皮”作为台北城市建筑身体的“衣裳”，“千万家篷架像森林之海延伸到日出日落处”。这种老段眼中的“轻质化建筑”成为台湾与地争空间、应付台湾气候环境所发展出来的特有建筑方式。罩着蓝染素衣靠墙观测天象、在顶楼铁皮篷阳台晒花晒草叶水果皮的米亚，她穿在身上的衣饰布料，她身在其中的室内空间摆设装饰，以及室外空间的轻质化建筑材料，都是由身体—建筑—城市发展出的“空间织理”，都与身体官能息息相关。米亚之为后现代台北巫女，正在她能为流行时尚中被掏空的抽象符号，重新赋予声色嗅闻的感官经验，能用穿衣的体感经验，书写大台北东区到北投、迪斯科舞厅到个性店商街的空间游走。时尚对她而言，不单只是流行信息的符号拼贴，冰冷的符码诱惑，更是身体—城市居住与移动的身体感官记忆，是身体—城市的“体感表面即界面”。

《世纪末的华丽》真正的激进性，不在于大多数批评家所采用的“反时尚”阅读方式，而在于身体—城市体感经验的贯穿而非断裂，贯穿了童年与成年、时尚与非时尚、名牌与非名牌、商品与非商品、手工与量产。对米亚而言，小时候一股白兰洗衣粉洗过晒饱了七月大太阳味道的衣服，十八岁时莱克布小可爱搭配的名牌亮片裙，或二十五岁站在铁皮篷阳台被风吹开翻起朱红布里的蓝染素衣，都是嗅觉、颜色与身体成长的官能记忆。寻此脉络，小说结尾所援引的“倾城”寓言，便提供了两种不同的诠释方向：“有一天男人用理论与制度建立起的世界会倒塌，她将以嗅觉和颜色的记忆存活，并从这里予以重建。”一方面，男人与女人、硬城市与软建筑、抽象理论与感官记忆的二元对立中，暗含了由男到女、由理论制度到嗅觉颜色、由繁华到素朴的“反（父权社会）进化论时间观”，将十丈红尘的台北都会，瞬间投掷到“不知有父，但知有母”的宇宙洪荒，让时尚巫女转身一变为由文明归返自然的大地女神，有如张爱玲笔下强韧存活于荒原之上的蹦蹦戏花旦。但在同时，《世纪末的华丽》却又标示出此种“无时间观”

中的时间敏感度，由每季的时尚新衣来记录青春年少的身体记忆，与此“无时间观”中所蕴含“归真返璞”之内在矛盾：商品化非商品、时尚化非时尚的各种可能性（手工纸与手染衣等“个性商品”的流行）。而此由文字编织而成的城市“衣文本”，却也正是米亚的台北身体—城市重建，不是用砖用瓦、以石以泥，而是文字与记忆、身体与居住的交织，以体感经验重建的台北。

# 朱天心的软城市

朱天心的《古都》是一个有关“双重”与“分裂”的小说文本，铺展着身体—城市的转换变易、跨时间—空间的交错代置。小说篇名《古都》与川端康成的中篇小说《古都》相互呼应，牵引出小说叙事中繁复的文本互文:《古都》不仅穿插了川端康成《古都》中的片段，更以《古都》为游访京都的文学城市地图，顺向或逆向地重复小说中角色的路径，更以川端笔下的孪生姊妹苗子与千重子之重逢，牵带出叙述者与挚友 A 的京都之约。重复的篇名、重复的身份认同也带领出重复的地理空间迭映：台北成为京都的“双重”，“若把台北古城当作皇居御所，那基隆河便是鸭川，剑潭山是东山，整个台北盆地在地理位置上便与京都相仿佛了”。而这种“双重”的迭映或迭印方式，更成为《古都》在铺展“认知绘图”与“感官地理”相互呼应的重要叙事与情感模式。就历史与地理知识的“认知绘图”而言，剑潭“在北淡大浪泵社二里许，番划艋舺以入，水甚阔，有树名茄冬，高耸障天，大可数抱，崎于潭岸，相传荷兰人插剑于树，生皮合剑在其内，因以为名”。但就叙述者记忆与情感的“感官地理”而言，剑潭乃是五岁时“穿戴整齐地由父母第一次带你去动物园儿童乐园”，是那个繁华欢乐的嘉年华广场，也是满天的五彩气球与各种小吃摊的香味与叫卖声。同理可推，在京都二年阪临灵山观音上坡不远处的“龙马之墓”，也正是女儿捡拾金龟子幼虫茧之所在，而本堂旁有“秀赖首冢碑”的“清凉寺”，也是古钟楼旁难却女儿盛情、黄梅入口的牙齿酸涩记忆。“认知绘图”的名胜古迹，便如是这般紧密贴合亲子记忆中的“感官地理”，名胜古迹不仅是石头与木材的“硬件”，更是感官与身体的“软件”。

而与A未遇、由京都折返台北的叙述者，在机场被误认为日本观光客，遂将错就错地手拿殖民地地图、头戴市场买的DAKS过季帽子开始寻访台北古城。殖民地地图提供了台北古城“认知绘图”的史地信息，现在的“中正第一分局”是清代考棚，一八九五年后改为步兵第二连队医局，但就在叙述者跟随着医局军医森林太郎（笔名森鸥外）每日的散策步径穿街走巷时，却因巷道里的面包树，回想起外公家东北角遮荫整座莲池、兰花棚、葡萄架的面包树，以及幼时如何以面包树落叶为靴、下池塘摸鱼的记忆。而巷道里和洋混合风的昭和住宅，也牵带出殖民空间配置在家居成长环境上的身体记忆，“外公家门前也有一模一样的玄关车寄，前有接应室，旁有书房做外公看病的诊疗间；广间经廊下可通起居间与子供室，后有食堂和炊事间、女中室、风吕间”。如果手执殖民地地图的叙述者，以“异国人”的眼光、异国文字的地理名称，来观看“去熟悉化”的台北巷道，那地图所牵引出的却是“认知绘图”迭映下“再熟悉化”的“感官地理”，让身体—城市的移动与居住，都充满感官记忆的痕迹。

然而《古都》的复杂纠葛，就在于发展“双重”迭映或迭印的同时，也铺陈“分裂”所带来的不断填补与衍异。此《古都》非彼《古都》，而与《古都》交织互文的，除了川端康成的《古都》之外，更有古今中外的各种城市文学与台湾史料，旁征博引于梭罗、劳伦斯与弗斯特等人的文本，作为段落引文或穿插于内文之中。而作为“双重”的孪生姊妹终将分手，约定好永不分开、永不嫁娶的叙述者与A最终仍是天各一方，而小说也以更多的身份“双重”（五岁的自己与五岁的女儿，十六岁“体液和泪水清新如花露”的身体与现在已出现体味的身体）打破了任何迭映的封闭想象，开展出在时间流逝与空间转换中“分裂”的衍异过程。同样，台北与京都也不再是唯一单纯的“双重”，对叙述者而言，站在清水岩往大江海口望去，“你们都故意忽视脚下单脊两屋坡的闽南式斜屋顶不看，彼此一致同意眼前景色很像旧金山”，或是坐在淡水红楼的短垣上，“你们又觉得像在西班牙或某些地中海小镇了”，要不就是走在枫香夹道的敕使街道上，“幻想置身在新英格兰十三州”。台北城市空间的互文性，不断交织着历史地理的记忆，让城市的空间记忆复杂多变，由双重变为分裂。台北与京都的双重迭映，更在小说的发展中分裂为“变 / 不变”的对立：城市面貌日新月异的台北，对比于城市面貌亘古如一的京都；因变易过度、风格混乱而让人惊恸伤心的台北，对比于永远在那里、让人好安心好放心的京都，“你透着米色蕾丝窗纱的窗口望望街景，觉得从未离开过，不论这次距上次已过了一年或好几季，无论你已经从二十岁到四十一岁”。

而更重要的是，“双重”所导向的“认知绘图”与“感官地理”的迭映或迭印，却在“分裂”所开启的时间流逝、空间置换中发生了严重的断裂。首先就“认知绘图”本身的历史空间迭映或迭印而言，纵使提供了历史场景可供认知辨识的位置地点，历史建筑物本身随都市发展所造成的物换星移，也无由凭吊。而更可怕的断裂，则是出现在“感官地理”与“认知绘图”的不再呼应，身体感官成长记忆在现代化都市中灰飞烟灭。

> 你简直无法告诉女儿你们曾经在这城市生活过的痕迹，你住过的村子、你的埋狗之地、你练舞的舞蹈社、充满了无限记忆的那些一票两片的郊区电影院、你和她爸爸第一次约会的地方、你和好友最喜欢去的咖啡馆、你学生时常出没的书店、你们刚结婚时租赁的新家……甚至才不久前，女儿先后念过的两家幼稚园（园址易主频频，目前是“鹅之乡小吃店”），都不存在了……

正如本雅明所言，“活着就是留下痕迹”，而没有生活痕迹的地方，就犹如陌生异地般让人感到异化疏离，身体—城市空间织理的消失、物质基础的流逝，也就让时间记忆无法定锚，让所有存在过的，都虚无缥缈，无法验证也无从召唤。

因此台北足球场的“认知绘图”变得越来越无足轻重，反倒是足球场边作为“感官地理”的老年枫香，才事关身体—城市空间织理记忆之重大，“你们吃顿饭，喝个下午茶，聊遍眼前事，独独不再提过往，过往很像那些被移植或砍掉的茄冬与枫香”。而城市作为“感官地理”身体记忆的消失，更平行于叙述者对身体逐渐衰败的慨叹。

> 不得不令人想到天人五衰，耳不聪，目不明，嗅觉不灵，神色枯槁，连华美的衣裳也蒙尘埃。

叙述者以“头上花萎，腋下汗出，身体臭秽，不乐本座，神离魂散”的“天人五衰”之典，喻身体的腐朽衰败，而那时候的身体也正呼应着那时候的天空，那时候的人们，那时候的树。而“彼时”与“此时”的交会点“此处”已面目全非，正如耳不聪、目不明的身体，神色枯槁。在台北，叙述者迷失其间，“不知该如何走到你十七岁时走过百遍的路”，正如叙述者找不回十六岁时那背着书包、穿着制服、在大太阳底下百毒不侵的年轻身体。

然而《古都》最大的矛盾也是最大的偏执所在，就是明知身体必然腐败、历史必然变易、城市必然变形的同时，仍然自嘲地坚持在没有航行目标时间之河上，“时不时做些妄想捞月或做些刻舟求剑之类的傻事”，“老想不止两次插足同一条河流”。于是老灵魂的叙述者试图将“感官地理”的身体记忆，封存在城市的周遭环境之中，就算无法再次捕捉十六岁时的官能感觉，但只要“那些十六七岁的好多夜晚曾荫覆过你们，听了无数傻言傻语却都不偷笑的老茄冬，那些老树在的话，很多东西就都还会在，见不见面也没有关系，像 A，像清凉寺门前的老森嘉豆腐铺，像印在死前的梭罗心版上的白橡树”。故而当那些百年茄冬因开路的原因而一夕不见时，老灵魂的叙述者会“大恸沮丧如同失去好友”。没有了百年茄冬，也就没有了自己的十六七岁，也就没有了十六七岁时亲过父母姊妹的 A。

而这种绝望的焦虑，更进一步在小说中偏执地发展成一种将时间“视觉空间化”的模式，只要台北儿童乐园那充满尿骚和腐烂朽木的龙船还在，“你一定能看到船上那一个为了倾身触水而内裤朝天的五岁时的自己”，只要京都洛匠庭园依旧不变，“你仍可以看到五岁时蹲踞池边喂鱼摸鱼的女儿”，因太过热心，“整个人俯身水面只剩个穿着小花内裤的屁股撅朝天”。已年过四十的叙述者，早已小学毕业的女儿，但犹如“快照镜头”的记忆画面，却让五岁的自己与五岁的女儿都被可视化地封存在时空之中，被看见。正如王德威在《老灵魂前世今生》中所言，“朱终于把她要叫停历史、唤回时间的欲想空间化。历史不再是线性发展——无论是可逆还是不可逆、循环或是交杂，而是呈断层、块状的存在。历史成为一种地理，回忆正如考古”。而《古都》所发展出的“都市人类学”（黄锦树，《从大观园到咖啡馆：阅读 / 书写朱天心》）、“都市潜意识”（唐小兵，《〈古都〉· 废墟 · 桃花源外》）与“触感知识”（周英雄，《从感官细节到易位叙述》），正是从身体—城市的官能经验出发，惊恐地发现体感城市的消失、体味身体的颓败。如果诚如批评家朱丽亚娜 · 布鲁诺所言，“体感”所隐含的正是“可居”的身体—城市空间，那《古都》用时间、地理、情感、身体所交织出的，便是城市作为身体记忆废墟的可能，让台北成为一件有若天人五衰、华美却蒙尘的衣裳。

凸显三位女作家“衣文本”中身体—城市的体感经验与琐碎叙事，正是企图在城市文学传统的大论述框架下（城 / 乡对立、城市与国族认同、城市与全球现代性等），另辟蹊径，让城市不再仅是以背景（街道、高楼等地标或电车、火车等运输工具）、主题、象征符号的方式被“再现”，而是以身体记忆与空间感知的方式被“体现”，让城市不再只是“隐喻”（强调相似、认同、深度与意义的达成），更是“转喻”（展开毗邻、联结、贴近的表面意符流动与身体想象），让城市的“认知绘图”也同时成为“感官地理”。就像张爱玲的《红玫瑰与白玫瑰》以“空间接触感染”的方式，铺展身体—城市既诱惑又危险的流动空间，以两种居住建筑形式，带出两种女人身体的情欲样态。也像朱天文的《世纪末的华丽》展现时尚同时作为后现代符号的“光滑表面”与身体感官记忆“体感表面”的复杂，让台北的身体—城市流动在时尚影像与商品“城市邦联”跨国流动的五光十色之中。更像朱天心的《古都》以身体—城市—记忆的可居不可居为探问，上下求索于城市作为地图（标定历史的古往今来、地理的方向位置）与城市作为衣裳（身体的贴身记忆与官能感觉）的双重与分裂。本雅明曾将十九世纪发达资本主义时代的抒情诗人—游手好闲者，比作“柏油路上的植物学者”，那本章所采用“体感表面即界面”的阅读方法，大概可比拟为城市研究中的“皮肤社会学者”（埃尔斯佩思·普罗宾，《身外之物》），强调对触觉、嗅觉、听觉等官能的敏锐感知、对身体移动与贴身环境的敏锐接触、对身体—衣裳—建筑—城市“表面”如“界面”的敏锐反应。以此身体官能穿梭游走于三位女作家的三篇文学文本，正是以断简残篇而非综览全局的方式，编织出“穿着即居住”的软建筑、“文本如织品”的软城市，皆是以书写“体现”城市、把城市穿在身上的“衣文本”。

# 幽冥海上花：
# 表面美学与时间褶裥

忽瞟眇以响像，若鬼神之仿佛。

王延寿，《鲁灵光殿赋》

但是一百年后倒居然又出了个《海上花》。《海上花》两次悄悄地自生自灭之后，有点什么东西死了。

张爱玲，《〈海上花〉译后记》

幽静神秘的世纪末，华丽靡艳的十里洋场，难不成绫罗绮香处，添酒回灯时，都有历史的鬼魅蠢动，晦明莫辨？灯火阑珊，光影掩映，形外有影，影外微阴处有魍魉，莫非是看尽了繁华起落，犹自唏嘘徘徊，流连不去？

一九九八年的《海上花》在国内外影坛皆造成极大轰动，除了名导侯孝贤与明星卡司梁朝伟、刘嘉玲、李嘉欣等外，该片最令人津津乐道的乃是华丽细致的服装道具与布景，正如一位影评人琼·杜邦所言：“颓废的帝制氛围布满了每一个小房间，每一个画面中充斥着不可言喻的迷离景致，隐约的背景中显露各式细致的对象……宝饰、镜影、织锦绣袍；令人迷惘的雕花架子床……犹如走入伦勃朗画境中的光影世界。”

而确实《海上花》的美术制作占其电影成本预算（一亿元新台币）的百分之三十多，美术指导黄文英更亲自搜集古董，从上海虹桥路到苏州观前街，共收集数百件大小道具，一百套以上纹样绣缝衣饰，一百八十扇雕花门窗等。而该片在发行之际，除了与 *Vogue* 杂志制作专题《十九世纪末的华丽与二十世纪末的华丽对照》（影星李嘉欣以《海上花》剧服搭配当代名牌服装设计师高提耶等人之服饰），更在台北诚品书店西门店举办《海上花》电影文物展，公开展出各式服装道具，从鸦片烟具到三寸金莲，应有尽用，以凸显该片在美术制作上之用心良苦，巨细靡遗。

而本章正是拟以服装道具的“唯物 / 微物”基础作为切入点，希望能打开一些过去电影相关研究未能探触之面向。正如该片艺术顾问钟阿城所言，“有用的东西是空间陈设，没有用的东西是生活的痕迹”。为了要铺陈此种生活痕迹的质感与密度，《海上花》不惜上山下海寻觅，以无数小零碎件铺排出细密的质地，成就了钟阿城所谓“世俗的洛可可式，烛光中绚烂，租界的拼凑，可触及的情欲和闪烁的闲适”。而美术指导黄文英更偏执于各种服装细节之挑剔（滚边、镶边、出芽、扣形、开襟、云头等），因为不仅

“服装能把演员‘脱化’为剧中人”，更因为“每个女演员穿上古董衣，自然而然行为举止就会收敛受限而产生一种悠闲雅致的气质”。而她在服装设计上更“以中为体，以西为用”，让十九世纪末上海时髦倌人的穿着打扮、发型配饰，大胆“融合”各种西洋、东洋，甚至近东的外来流行文化。

所以如果我们将惯常集中于导演与演员的目光，转移至这些服装道具，也许能发展出一种结合恋物理论与电影研究的新视野，开展出历史与文化想象中的一种“鬼魅空间”，无形无影，不可捉摸，却充满时间的敏感、幻象的生灭与欲望的流转。此“鬼魅空间”不在他处，正在那些古董绣片、鸦片烟具、雕梁画栋之中，可感不可触，可想不可见，形构出一种介乎“表面”与“深度”之间的幽冥界域。

# 华丽世纪末的混融风格

十九世纪末上海时髦倌人的穿着打扮、发型配饰和二十世纪末的流行时尚服饰可有呼应之处?

在进入较为繁复的理论推演与较为精致的细节分析之前，先让我们轻松地翻开时尚杂志，瞧瞧一场号称“世纪末混融风格的视觉飨宴”。话说一九九八年七月号的 *Vogue* 时尚杂志国际中文版，为配合《海上花》之发片，特别制作了摄影专题《李嘉欣镜花水月海上花》，邀请在片中饰演时髦倌人黄翠凤的影星李嘉欣，穿着《海上花》电影戏服与当季流行服饰入镜，以结合古装与时装、时尚与电影，呈现“世纪末的上海与台北，零距离”（廖蓓莹，《海上花在台北》）。

就表面美学与拼贴风格的角度观之，这个摄影专题确实体现了后现代时尚中的混搭精神，将《海上花》的戏服轮流配搭各式国内外名牌服饰，从奇安弗兰科 · 费雷到温庆珠，绮丽缤纷，光灿夺目。其中最有趣的当属一百六十六页上李嘉欣的造型：上穿红黑条纹皱褶衬衫，乃当代法国设计师让-保罗·高提耶以墨西哥女画家弗里达·卡罗之传奇为雏形的当季设计；下穿《海上花》电影戏服，直条绣花纹饰、底部缀满蕾丝荷叶边的黑色蓬裙；发型头饰乃电影中的上海时髦倌人模样；脚下踩的却是露趾高跟凉鞋；两手垂放，双腿开立，一副妩媚自信的时尚模特儿架势。

至于皱褶衬衫与蕾丝荷叶边蓬裙到底搭不搭配，不是这里要探讨的重点，倒是整个摄影专题所强调"异国民俗风"的相互辉映，国际零距离、古今零时差的时尚大同境界，十足引人疑窦。例如，其企图呈现唐可娜儿的绣花背心与贝蒂·杰克逊的烧花绒纱裙与中国古董衣衫上的绣工如出一辙，似乎要将时间的距离（相隔一百年）与空间的距离（纽约与上海），彻底弭平为无差异之表面装饰（相同绣工）。如果对艺术与服装史学者安妮·奥朗代来说，古装片最大的麻烦乃在戏服的"时代错乱"，一方面要考据过去时代的服饰风格特色，另一方面却又必须暗度陈仓，增添许多不符历史真确性的服饰细节，以传达出当代流行时尚的讯息，以符合观众的审美品位，增加其观影之诱因。那么《海上花》戏服配饰的贯穿古今、勾连中西，不需偷渡当前流行时尚细节的"古装"，就已是最具当前流行时尚细节的"服装"，是否正可避免一般古装片的"时代错乱"呢？

但这不错乱的时代，是否暗示着另一个更加严重的时代错乱呢？李嘉欣"跨越国际疆界的华丽"不正标示出后现代流行时尚本身的“时代错乱”吗？后现代流行时尚一方面服膺“现代性”中标榜的不断前进、快速变换（线性时间观），另一方面却又频频回眸（循环时间观），所以能好巧不巧，以一种弗洛伊德所谓“诡秘”的方式，造成一种既跨越百年又古今零时差的貌同形似。但如果唐可娜儿的绣花背心是搭上了一九九七年前后在国际时尚舞台掀起的“中国风”热潮，而与中国古董衣衫的绣工同出一辙，那高提耶的皱褶衬衫则是略有异于主流“中国风”的另一种“异国民俗风”。他不仅是回到二十世纪三四十年代，更是回到那个年代的墨西哥，此“墨西哥（卡罗）风”与“中国风”都是后现代时尚除了线性时间 vs. 循环时间之外的另一大吊诡：时间的距离转换为空间（地理空间到文化空间）的差异，用最通俗的话说便是“往昔即异国”（参考帕姆・库克，《民族的塑造：英国电影中的服装与身份》）。

# 黑色蕾丝：刺点、盲点、痛点

所以一句空泛的“国际零距离、古今零时差”口号，其实蕴藏了十分繁复的时间 / 空间辩证和转换，那么我们是否可单纯以后现代表面美学与拼贴风格的方式，消费 *Vogue* 上的《海上花》时尚摄影呢？在此我必须重新回到一百六十六页上那张我最感兴趣的照片，重新观看那皱褶上衣和黑色蓬裙的搭配，找出既令我好奇而又令我不安的服饰细节。而这时蓬裙下缘层层复迭迭的黑色蕾丝荷叶边，突然犹如罗兰·巴特在《明室》中所言的刺点[1]一般，“仿佛箭一般飞来射中我”。

---

1 巴特对“刺点”之解释如下：“拉丁文有个字词可以表示这道伤口，这个针孔，这个利器造成的标记。我觉得这个字尤其适宜的是它还具有标点的意思，而事实上，我提到的那些相片犹如加上了标点，有时甚且满布斑点，充满了敏感点。巧的是，这些标记与伤口都是点。这个骚扰知面的第二元素，我称之为 punctum 刺点，因为此字又有针刺、小洞、小斑点、小裂痕，还有掷骰子、碰运气的意思，相片的刺点，便是其中刺痛我（同时谋刺我，刺杀我）的这一危险机遇”（《明室》）。（转下页）

为何这蕾丝荷叶边的服饰细节如此刺痛了我？首先作为西方服饰元素的蓬裙与蕾丝荷叶边，并不符合我对清末中国服饰的想象。但我有限的中国服饰想象，也可能深深受限于所接触到的各种再现形式（电影、戏曲、电视等）。《海上花》美术指导黄文英特别在《海上繁华录》中提及其在做服装设计时所参考的历史文献数据：

> 当时申报的漫谈诗句中载着："趋时妇女竞新装，荷叶边兮滚满裳，梳得时兴元宝髻，夜间权作枕何妨"，反映着当时妇女赶时髦的心态。

这段诗文的重点，不仅在于呈现当时沪上妓女争妍斗艳于十里洋场，荷叶边、元宝髻的引领风骚，恐怕更在于"趋时""新装""时兴"等字眼带出强调新与变的"现代性"时间观。

据《海上花》艺术顾问钟阿城的考据，当年租界妓女出街，"好像是时装展览伸展台上，一般妇女都会从妓女身上学到服饰、

---

（接上页）对巴特而言，刺点既像是个别观者在其观看过程中，将其添进了相片，但也似乎刺点早已、总已在相片之中，在观者的目光与相片交遇之时，如箭般射出，刺痛观者。而犹如伤口的"刺点"，更能由有形的"细节"转换为一种"强度"："它就是时间，是所思（"此曾在"）教人柔肠寸断的激烈表现、纯粹代表"。而正文中对蕾丝刺点的探讨，正是要将其时间性的强度带入，但不受限于巴特此处浪漫化、纯粹化的时间哲思（"此曾在"），而是要更进一步政治化此时间性的强度，凸显其为帝国殖民史的时间伤口。

配件的新彩头，传播开去。这种时髦一直要到二十世纪初上海成为中国电影基地，才由女明星接过去”。时髦倌人也者，敢犯禁，有胆气，故钟阿城建议《海上花》电影在服饰、化妆与道具上不可墨守成规，“如果只考证清代晚期的传统造型，反而会进入误区、盲点。当时租界妓女空间，类似‘后现代’的处理，因为是租界所以权威可以被游戏化，因为华洋杂处所以各种造型的意义被拼凑”。

于是，美术指导黄文英在时髦倌人的服饰设计上大胆地采用了蕾丝荷叶边与蕾丝滚边，散布于领缘、袖缘与裙缘。对她而言，这胆大心细的服饰细节正足以增添该片“巴洛克的华丽作风”（*Vogue*），一种介于考据与创新之间的吊诡（以创新为考据的最佳方式），反倒才更能贴近当时上海时髦倌人的“后现代”游戏趣味。但对我而言，这时尚照片视觉上的“刺点”，是否倒成为一种历史想象上的“盲点”与“痛点”呢？如果我们愿意先追溯一下蕾丝作为身体边界与地理边界的“边界恋物”历史，也许更能了解此局部服饰细节所可能造成的情欲与政治的越界想象。

蕾丝乃一种疏松而有精致图案的细薄织品，一般分为“梭织蕾丝”与“针织蕾丝”。梭织蕾丝源于中世纪古国佛兰德斯（位于今日法、比、荷边界），针织蕾丝则始出意大利海陆边界的威尼斯。以西方服饰史为例，早年蕾丝的运用有严格的社会阶层区隔，仅限于皇室与教廷，尊贵而稀罕，一直要到十七、十八世纪，才较为普及化为一般人头饰与裙缘的装饰织品。而随着十八世纪末机械生产蕾丝的技术突破，蕾丝在十九世纪便更加大举登陆，除了原有之头饰与衣饰运用外，更蔓延至面纱、围巾、手帕、手套、暖手筒，甚至阳伞，举目望去，蕾丝遍野。但这股蕾丝热却在十九世纪下半叶渐趋冷淡。到了二十世纪，蕾丝逐渐缩限在女性内衣与婚纱的运用范围（乔治娜·欧哈拉·卡伦，《时尚和时尚设计师辞典》）。

而蕾丝在地理空间、阶级空间与身体空间上的越界历史，不正也可呼应当代对蕾丝的身体情欲想象吗？源于中世纪而大兴于十九世纪的蕾丝热为蕾丝添增了古典的优雅情趣，而二十世纪多已由外转内的蕾丝（婚纱除外），又为蕾丝加上了密贴肌肤的私密性。故而蕾丝可以既典雅又挑逗，既是外衣内穿，也是内衣外穿，既在内又在外（身体与衣饰的交界处），既实又虚（可看穿的洞孔或半透明网状织品），既遮掩又暴露，莫怪乎蕾丝总是在性恋物排行榜上名列前茅，充满越界流动的情欲想象。

# 帝国提喻与时间褶裥

如此大费周章地回到西方服饰发展史，谈论蕾丝作为地理与身体“边界恋物”的各种可能性，不是离题，也不是突然陷入蕾丝恋物癖或历史考据癖，而是唯有如此绕道而行一番，才能重新细微挖掘上海时髦倌人身上的黑色蕾丝荷叶边为何可以成为视觉上的“刺点”、想象上的“盲点”，以及历史上的“痛点”。为何那层层复叠叠的蕾丝，可以具体而微各种时间（线性时间、循环时间或转为空间差异的时间）的皱缩与褶曲呢？为何这神不知鬼不觉爬上所谓中国传统服饰上的西方服饰细节，可以用提喻的方式来映衬西方殖民帝国主义在地理空间与文化空间上的越界，一种表面美学化了的洋枪大炮呢？

要回答这一连串的问题，必须以一种极度的耐心，抽丝剥茧于上海时髦倌人的蕾丝边所涉及繁复细致的时间褶裥。首先，“时”髦也者，走在时代尖端，故清末民初仍是“贫学富、富学娼”的模式，一般妇女尾随时髦倌人的脚步，亦步亦趋，我们现在眼中的“古装”，正是彼时彼地“趋时”“时兴”的“时装”。而当“时”髦脱离当时上海租界妓院的范围，而被放置在一个更大的国际交流、文化互动的脉络之下观看时，则“时”髦不仅标示的是西方现代性强调新与变的线性时间观，以“时”尚之方式，潜移默化于日常生活、穿衣吃饭，更以地理空间与文化空间越界的方式对外扩散影响，世界各地逐渐以西方时尚为仿效追随模式。清末上海时髦倌人衣饰上的蕾丝边，虽不及日后中国现代化过程中更大规模、更彻底的服饰西化，但已露西风东渐的服饰征候。故华丽世纪末的蕾丝边，不仅在于将西方视为“情欲他者”的“异国情调”，更内藏了时间的焦虑（西方进步 / 中国落伍）与欲望的曲折（崇洋 / 鄙中）。

换言之，时髦倌人的蕾丝边正是其“大胆西进”的傲人成果，中国女人身体服饰的先一波“门户开放”。如要用更生动的画面描绘之，该是清末妇女在上海时髦倌人身后追赶，而上海时髦倌人则在西方妇女身后追赶；若再证以西方十九世纪的社会现况，西方妇女也是在西方时髦交际花身后追赶。十九至二十世纪之交，西方最常援引的“时尚竞逐论”，只把论述焦点置于西方社会之内阶级差异的“贫学富、富学娼”（娼的时髦性不在于社会位阶，而在于游走社会礼教规范边缘的大胆尝鲜）。race 不仅是竞逐，也更是种族，唯有将 race 的双重意涵都读出来，才能透视西方时尚与近代西方殖民帝国扩张史间剪不断、理还乱的暧昧关联。

故蕾丝不是洋枪大炮，它只是个微不足道的精致装饰，没人胁迫你“要蕾丝还是要命”，但蕾丝就是洋枪大炮，充满（西方）时尚强迫性的内在趋力，表面上的去政治化却是内里无所不在的泛政治化。这里胆敢用洋枪大炮的比喻，绝不是要召唤任何民族主义抗拒，而是要强调薄如轻纱蝉翼的蕾丝，其物质性中早已铭刻了历史性。见蕾丝，不会不见地理空间与文化空间的越界，不会不见充满权力与欲望的西方帝国扩张，不会不见时髦即前进、落伍即落后的现代性时间焦虑。因而所谓的“华洋杂处”，并不是一种去历史化、去时间化的空间并置与共存关系，像中国丝绸配上蕾丝边；所谓的“华洋杂处”早已被时间、权力与欲望浸透，充满时间焦虑（西方前进 / 中国落后）、权力位阶（西强 / 中弱）与欲望导向（崇洋 / 鄙中）。

# 后后现代的恋物美学

所以当我们再度回到一九九八年七月号的*Vogue*《海上花》摄影专题时，恐怕就不是一句“优雅的古东方遇见前卫的现代西方”（廖蓓莹，《海上花在台北》）可一言以蔽之。在强调表面美学与拼贴风格的时尚语汇里，我们多么容易以一种游戏化的“后现代”趣味，翻转各种二元对立：古东方里总已有现代西方（上海时髦倌人的蕾丝边），现代西方里总已有古东方（二十世纪末的“中国风”时尚潮流）；西方是东方的异国情调（舶来品蕾丝），东方也是西方的“异国情调”（唐可娜儿的绣工）。在后结构理论操作已然普及化为学院“常识”的今日，我们如何看待仅仅三翻两转就能解构掉东方 vs. 西方、传统 vs. 现代、前进 vs. 后退、中心 vs. 边缘，而彻底平面化为东方中有西方、西方中有东方、传统中有现代、现代中有传统，甚至前进即后退、中心即边缘的吊诡，一个国际零距离、古今无时差的时尚大同世界呢？

故本章之所以为了一部电影宣传时的时尚摄影专题，一件黑色蓬裙上的蕾丝边就已然大费周章至此，一方面固然是想借此展示恋物阅读的实际操练方式，针对单一细节织入织出，缱绻缠绕，让恋物在本章中不仅是一种主题式的探讨，一种心理机制的转换，更是一种批评论述模式的展演。谈恋物就得用恋物的方式去谈，百转千折，琐碎细致。但此处的极尽铺陈，更有一个理论上的企图，不仅是要谈《海上花》的服装道具，更是要借由对《海上花》时装道具的讨论，开展出一个既能挑战后现代去深度、无历史的"表面模式"，又不落入传统"深度模式"窠臼的时间空间论述。不是"表面模式"与"深度模式"的二选一，而是某种介于"表面模式"与"深度模式"之间的"幽冥界域"。

这个新的理论视角将直接冲击并挑战当前电影研究在服装道具讨论上的基本预设。服装道具本就位处当前电影研究之边缘地带（电影研究的蕾丝边？），但在后现代表面美学的理论挂帅之下，好似有咸鱼翻身之态，因为其直接可以勾连的，便是去深度、平面化历史为"景观"与"拟仿"的后现代论述。例如，安德鲁·希格森认为历史古装片提供了怀旧的凝视，以恋物化历史细节的方式，将历史重新包装，再以商品出售。因而他认为历史古装片中没有历史的真确性，有的只是服装道具摆设堆栈出来的华丽视觉景观，兀自形塑一个因封闭而完美、时间凝止不动的影像商品。

但如果希格森是以其左翼批判的立场出发，坚持一种洁癖式

（不受商品污染、不遭文化混杂）的历史观与真确性，充满对装饰与展示之高度不信任与鄙视，那么斯特拉·布鲁兹则是以女性主义的立场，去拥抱装饰与展示的阴性迷魅。她指出对待电影服装可有两种截然不同的态度：一个是“看穿”，服装如意符，重点在于带出历史的意旨；另一个则是“观看”，流连忘返于服饰的华颜美色与情欲撩拨。对她而言，历史古装片的迷魅正在于后者所提供的视觉快感，一种非语言表达的“浓烈视觉质地”（哈珀·苏，《艺术指导和服装设计》）。

虽然希格森与布鲁兹讨论的历史古装片有断代与类型上之诸多差异，虽然他／她们在对历史平面化为景观与拟仿的态度上道不同不相为谋，但有趣的是，不论是希格森的批判或布鲁兹的肯定，他／她们对历史古装片的理论基础却是相同的：后现代表面美学与历史拼贴。希格森认为强化“表面”的富丽堂皇、披金戴玉，只有失去历史批判“深度”的唯一下场；而布鲁兹则认为服饰的“表面”之所以满布情欲诱惑，正在于其下没有任何历史的“深度”可言：“犹如在‘国王的新衣’中，对服饰之迷恋透露的正是对空无之迷恋。”换言之，希格森与布鲁兹对电影服装道具研究的理论僵局是相似的，他们一个是无法想象表面亦可是一种深度，有着时间的褶裥与历史的阴影，另一个则是无法想象表面的视觉快感亦可能误打误撞出一种隐于其下如鬼魅的历史伤口。如何将“表面”“景观”“拟仿”这些最容易被勾连到电影服装道具研究的批评术语，从“表面模式”vs.“深度模式”的二元对立中释放，恐怕正是此处企图理论化“幽冥界域”“鬼魅空间”的初衷。

月光下粼粼闪烁的小河，是平面还是深度？一匹摆动如波浪的丝绸，是平面还是深度？十九世纪末上海时髦倌人裙缘上层层复叠叠的蕾丝荷叶边，是平面还是深度？衣饰的褶皱之处多落尘，上面从《申报》到蕾丝交易史（另一种“丝路”）的诸多讨论，大概抖起不少历史尘埃，在空气里显影颤动。时间的褶皱之处最敏感，忽焉在前，忽焉在后，有阶级的位差，更有文化的时差。故此处蕾丝的历史恋物阅读，正是企图想象一种由时间褶裥发展出的层次掩映，一种非实质空间的空间想象，一种深度之上、表面之下的幽冥交界，不可碰触、无法可视化的“非感官的感官力”。此种似幽灵、如鬼魅的历史幽冥想象，正是电影《海上花》所召唤、所耽溺的怀旧氛围，也正是“后—后现代”想象一种具时间褶裥、层次掩映的表面恋物美学。

“后后现代”，不是回到现代，也不是回到前现代。“后后”不是负负得正，两相抵销。“后后”有如镜光水月，相互反射迭映，也相互衍生变异。“后后”有如魅影，形外有影，影外有魍魉。“后后”更似重复冲动，不断回返，流连徘徊。

“后后现代”不在“后现代”之后，“后后现代”也不在“后现代”之前，“后后现代”或许正在无深度、去历史的“后现代”之中，招魂“后现代”。如隐隐的伤口，如透着光的隙缝，若似灵光返照时，添酒回灯重开宴的一场繁华幽梦。

# 歪读《阿 Q 正传》

在清朝康、雍、乾三代的文字狱中最令我印象深刻的，不是那个广为人知的“清风不识字，何必乱翻书”，而是另一个被控告用文字砍了皇帝的头，也因文字而被皇帝砍了头的可怜文人。

> 清代一个考官命了一次“维民所止”的题目，居然被认为是割雍正皇帝的头。因为“维止”相当于“雍正”无头。（温天、黎瑞刚著，《梦·象·易：智慧之门》）

文字狱的基本默认在于“文字谜”，像是官兵捉强盗似的，把蔑视与仇恨包藏在文字里扑朔迷离。猜不中，想当然是暗箭泄了恨，猜中了，保不定是人头落了地，哪管他三七二十一是“听者有心”还是“说者无意”。这种游戏的残酷性正在于“罪证确凿”，白纸黑字，有权者掌握了诠释的能力，赖都赖不掉。而这种游戏的“趣味性”（如果我们胆敢用如此轻佻的字眼，去面对灭门诛族的封建血腥暴力的话），也正在于文字的翻云覆雨手，看其七十二变可否逃得出如来佛的掌心。

“维民所止”点到了中国文字“象形”的要害死穴。明明一个四平八稳的八股命题作文，硬是成了蓄意反清的罪证：“雍”字取掉了“头”成了“维”，“正”字取掉了最上的一横成了“止”，文字的身体意象，平行对应到人的身体意象，砍去了顶部的文字，就成了砍去了头部的人体。呜呼哀哉，考题不好好出，居然还想砍皇帝的头，当然只有被皇帝砍头的下场了。

然而在文字狱的文字迷宫里，究竟是该以创作者的意图为判准，还是以阅读者的诠释为依归呢？出了“维民所止”的汉人考官，真的是想玩文字游戏、暗整满族皇帝吗？（新批评称这种不该提问的提问方式为“意图的谬误”。）还是满族官吏自己的“过度诠释”，听任“诠释暴力”从抽象的阅读行为，转成具体的砍头行动（封建皇帝的“语言行动”果真是一声令下、人头落地），将这个不属于满族“诠释集团”的汉人分子斩首示众？这种无法判准的两难，在传统上是属于史家的。因为如果太强调汉人蓄意在文字里包藏祸心，就很难凸显出汉人的无辜，以及清朝统治者无理的残暴颟顸。但如果太强调此乃尽皆清朝统治者蓄意的误读与“欲加之罪，何患无辞”，那也未免太小看汉人的反抗，以及士阶级以笔与文字为兵戎的传统。面对这样的两难，史家的春秋之笔究竟该以听者“有心 / 无心”为判准呢？还是该以说者“有意 /

无意”为依归呢？

然而这种无法判准的两难，如若能暂时抛开清初满族人与汉族人在政治与文化权力上复杂纠结的角力争夺（文字狱恐怕只是冰山的一角，其下有更大规模的书籍删改与查禁），而以当代的角度观之，则又可以是属于精神分析的。满族人入关，以少数民族的身份统御多数的汉人，这种从统治政权到文化正统的不确定性与不安全感，自然而然会造成满族统治阶级的重度疑惑与猜忌，精神分析的术语叫“妄想症”，严重起来草木皆可以看成是兵，更何况是“雍正”砍头成了“维止”呢。而对妄想症者而言，问题不在于分不清想象与真实，问题在于“想象的真实”比“真实的真实”还真实，比“真实的真实”更贴切于“心理的真实”。

而在另一边，多数的汉人受制于少数的满族人，剃发易服，受尽屈辱，哪里会心悦诚服、以迎王师。因此“维民所止”有可能不是一个“有意识”的文字反抗，但“维民所止”有可能是一个“无意识”的文字反抗，精神分析的术语叫“说溜嘴”，不是真的说错话，而是歪打正着、一不小心就说出了潜意识里真正的欲望。强梁之下只得低头，也许汉人考官原本只是想好好出个消灾避祸的考题，安全过关，哪知“事”与“愿”违，被压抑住的反抗欲望“回返”到最是四平八稳的文字里，低头不成，成了砍头。

由此推想，康、雍、乾三朝“听者有心，说者无意”的文字狱，还果真有可能是一出“妄想症”者碰到“说溜嘴”的超现实剧，一边真是太有心（话中有话，字里有字），而另一边又真是太无意（无意识）了。而从“雍正”到“维止”“象形文字砍头”的视觉意象，也让我们真正见识到中国方块文字的特异功能，一个既会象形、会意、形声，又会指事、假借、转注的文字系统，一个黏于具象却充满意识与潜意识自由联想、自由流动的文字系统。

# Q的形、音、义

鲁迅是研究过清朝“文字狱”的，鲁迅自己更是喜欢玩“文字谜”，两者加在一起，便是鲁迅那数量惊人、五花八门的一百多个笔名。此话怎说？从清朝进入民国，“文字狱”并未消失，只是变了花样形式。原本就喜欢尝试各种笔名的鲁迅（当然“鲁迅”也是笔名，由早年笔名“迅飞”去掉“飞”的尾，加上母亲姓氏“鲁”的头而成），在被宣判“通缉堕落文人鲁迅”后，更是三天两头换笔名，跟查禁当局玩捉迷藏。鲁迅的爱人许广平就曾回忆道，“实在他每一个笔名，都经过细细的时间在想。每每在写完短评之后，靠在藤躺椅休息的时候，就在那里考量”（《略谈鲁迅先生的笔名》）。

那么鲁迅到底用过多少个笔名？鲁迅的弟弟周作人曾在《鲁迅的别号》中指出，在鲁迅逝世二十周年的纪念活动上，上海的五十九位篆刻家，每人负责镌刻两块鲁迅的别号，由此推算鲁迅身前至少有一百十八个笔名有据可考。据说每个鲁迅细细考虑出的笔名，都有“深意”，“早年的笔名，含希望、鼓励、奋飞等意义；晚年则含深刻的讽刺意义为多”(《略谈鲁迅先生的笔名》)。但以现在的角度回顾鲁迅的昔日笔名，似乎大都不甚有趣。国民党特务骂他“堕落文人”“封建余孽”，他就自嘲“隋洛文”“丰之余”，政敌骂他“买办”，他就自称“康伯度”（英文 comprador 的中译）。其他像“杜斐”（土匪）、“虞明”“余铭”（愚民）等一系列以“谐声”为发展主轴的笔名，似乎也都不太具猜谜的挑战性。

然而鲁迅细细考虑出的笔名，有些还是很好玩。像“它音”（鲁迅肖蛇，它乃古文之蛇），像“许遐”（“遐”乃谐声许广平的小名“霞”姑，笔名成了以爱为名的性别越界），但其中最好玩的一个，恐怕还是“宴之敖”。“宴之敖”作为一个笔名的“文字谜”还真不好猜，怎样谐声、会意都弄不出个所以然来，最后还是鲁迅自己泄了底，告诉了身边的爱人：“宴从宀（家），从日，从女；敖从出，从放……我是被家里的日本女人逐出的。”(《略谈鲁迅先生的笔名》）简而言之，鲁迅是用了“宴之敖”的笔名当文字谜，暗示了他与亲弟弟周作人（二弟媳羽太信子为日本人）决裂的真正原因。一九二三年八月二日，鲁迅突然搬出与弟弟一家共居的北京八道湾屋，另行觅屋而居，从此兄弟失和、形同陌路。这个文学史家、历史学者百端猜测的疑案，这段鲁迅身心严重受创、不堪回首的往事（搬出后大病不起一月余），就三个字，都藏在文字里。

鲁迅说，“写字就是画画”。但如果“宴之敖”是鲁迅所取最俏皮也最沉痛的一个笔名 / 谜，那么也许“阿 Q”就是鲁迅所取最俏皮也最沉痛的一个角色名 / 谜。阿 Q 为何叫阿 Q，标准答案好像早就幽默嘲讽地写在小说的开场序里：“他活着的时候，人都叫他阿 Quei……阿桂还是阿贵呢？……生怕注音字母还未通行，只好用了‘洋字’，照英国流行的拼法写他为阿 Quei，略作阿 Q。”（《阿 Q 正传》）然而小说作者显然是要用这种标准答案来引蛇出洞的，“只希望有‘历史癖与考据癖’的胡适之先生的门人们，将来或者能够寻出许多新端绪来”（《阿 Q 正传》）。果然《阿 Q 正传》从一九二一年十二月四日第一周在《晨报》副刊连载起，各种被撩拨起的“历史癖与考据癖”就争议不断。首先不要说不知“阿 Q”是谁，就连作者“巴人”是谁都众说纷纭。鲁迅原意取“下里巴人”，简为“巴人”自嘲，就像他后来用“阿二”（上海黄包车车夫）的笔名一样，既与他不屑为伍的城市跳梁文人作区隔，又有认同下层劳动阶级联合阵线的本意，更可开发出插科打诨的创作破格空间。但不幸的是，“巴”被联想到“蜀”，“巴人”成了“四川人”的暗示，于是最早的《阿 Q 正传》考据版本便成了：文章是蒲伯英写的，因为他是四川人，阿 Q 讽刺的是胡适，因为他有一个笔名是“Q.V.”（川岛，《当鲁迅先生写〈阿 Q 正传〉的时候》）。

然而这种张冠李戴的现象，在验明作者正身为鲁迅之后并未减弱，许多人依旧栖栖惶惶，怕自己被影射成阿 Q，更多人急急忙忙想要揪出阿Q里的影射。由一个“洋字”Q所开启歇斯底里式的“疑神疑鬼”阅读空间，一个不确定、不安全的诠释空间，着实正中了鲁迅的下怀。对鲁迅而言，阿Q不是单一模特儿的量身打造，而是杂取种种人，故《阿Q正传》不是“钥匙小说”，众人无须对号入座，“但因为‘杂取种种人’，一部分相像的人也就更其多数，更能招致广大的惶怒”(《〈出关〉的“关”》)。“我的方法是在使读者摸不着在写自己以外的谁，一下子就推诿掉，变成旁观者，而疑心到像是写自己，又像是写一切人，由此开出反省的道路”(《答〈戏〉周刊编者信》)。于是《阿Q正传》独特的“鬼魅性”正在于，疑心的作者绕来绕去，“终于归结到阿Q，仿佛思想里有鬼似的”，疑心的读者看来看去，终于归结到阿Q像是写自己，又像是写一切人，似曾相识，既熟悉又陌生。

Q字到底有什么鬼？Q字到底在搞什么鬼？二十世纪四十年代的侯外庐说，Q就是英文Question（问题、疑问）的第一个字母。当代的日本学者丸尾常喜说，“阿Q”就是“阿鬼”，文化的幽灵(《“人”与“鬼”的纠葛：鲁迅小说论析》)。另一位日本学者中野美代子说，Q是Quixote。《阿Q正传》里的“小D”（鲁迅把“同”不拼成T’ung或Tong，而拼成Don）加上“阿Q”（同样不循普通拼法把“桂”或“贵”拼成Kuei，而拼成Quei），就是为了把Don Quixote（堂吉诃德）藏在Q的文字谜里（不要忘了鲁迅确实有一个“董季荷”的笔名，用的就是堂吉诃德的谐声）。Q到底是Question，是鬼，还是吉诃德呢？Q是鲁迅一时糊涂或吴语发音有误，硬是将K拼成了Q吗？这个“文字谜”最后还是鲁迅自己泄了底，告诉了尚未交恶前的亲弟弟周作人，“他不用阿K而偏偏要用Q字，这似乎是一个问题，不过据他自己说，便是为那Q字有个小辫子，觉得好玩罢了”（《鲁迅与英文》）。

“写字就是画画”，字母Q成了图案Q，然而当Q字中“小辫子”的视觉意象出现后，究竟是帮忙我们解开了Q的文字谜，还是反倒越缠越紧、越陷越深呢？“小辫子”出现后，Q作为一个“洋字”的身份开始暧昧起来，因为Q的雀屏中选，竟是因为Q的“象形”能力。但“仿佛思想里有鬼似的”，被用来“象形”的Q，却歪打正着到英文的Queue，其发音好巧不巧就是Q［kju:］，而其字义好死不死就是“辫发”。鲁迅身前的译作数量庞大，但靠的乃是日文与德文的功力，而非英文。所以“Q=Queue=辫发”的好巧不巧或好死不死，恐怕不是作者刻意的明知故犯，而是歪打误着的无心之过吧。（又一个“说溜嘴”吗？）当中文方块字在后来的发展中逐渐“成了不象形的象形字，不十分谐声的谐声字”时，一个洋字Q反倒一下子成了“最象形的（中文）象形字，最谐声的（英文）谐声字”，其既象形又谐声，而且所像之形与所谐之声还完全呼应的能力，果真是青出于蓝而胜于蓝。

因此若以中国近现代文学史的角度观之，英文二十六个字母中“汉化”最成功的莫过于Q，此当全拜鲁迅的《阿Q正传》所赐。Q的“汉化”不仅在于“阿Q”一词众人至今仍觉朗朗上口，一点都不觉得其中有外来语的痕迹，更在于Q竟能如此巧妙结合了中文象形文字与英文拼音文字之长。鲁迅不用K而用Q，为的是那条好玩的“小辫子”，而那条好玩的“小辫子”“仿佛思想里有鬼似的”，竟成了Q的形、音、义三合一，既是视觉上的小辫子，也是声音上的小辫子，更是意义上的小辫子。精神分析所谓的“多重决定”，莫过于此。但如果我们就此打住，把“小辫子”当成Q作为文字谜的谜底，那恐怕就大错特错了。就是因为“小辫子”如此不经意地、如此始料未及地、如此大大出乎鲁迅原先预设地而又如此完美地结合了Q的形、音、义，“小辫子”作为谜底的身份就更启人疑窦。（哪一个“历史癖与考据癖”的学者，哪一个文学批评家，不是或多或少的“妄想症”者，吹毛求疵地追究所有可能的话中有话、字中有字。）

但如果“小辫子”不是谜底，那“小辫子”是什么？偏执“妄想症”的文字狱者，看不到“维止”（无法到此“为止”），只看到“雍正”砍头。受过精神分析训练的我们，看到Q的“小辫子”如此完美结合意识层面“字的呈现”与潜意识层面“物的呈现”时，惊骇莫名之际，恐怕是想去抓更多的小辫子，而无法拿“小辫子”当谜底结案了事的。对鲁迅作为一个“意识”主体而言，“宴之敖”有解，但对鲁迅作为一个“潜意识”主体而言，Q里的小辫子却可能无解。Q的文字谜之所以不同于“宴之敖”的文字谜，也许正在于鲁迅以为他知道，恐怕也许并不真正知道他为何舍K而用Q，就像汉人考官以为他知道，恐怕也许并不真正知道他为何出了“维民所止”的题目。

所以“小辫子”不是Q作为文字谜的谜底，因为“小辫子”自己就是另一个文字谜。Q的文字谜，将我们带到“小辫子”的文字谜，而“小辫子”的文字谜，也会将我们带到鲁迅文本中更多的文字谜、更多的小辫子。而我们在此阅读的重点，不在于是否能有终点意义的拍板定案或整体答案的谜底揭晓，而在于由一个文字谜移转到另一个文字谜、再到下一个文字谜的“蛛丝马迹”，由一个小辫子抓到另一个小辫子、再到下一个小辫子的“枝微末节”。(难怪王瑶在《关于鲁迅笔名与阿“Q”人名问题》中不屑地批评，对鲁迅的笔名与阿Q人名的费神考证，真是“无聊的末节”。)只有当谜底像梦境一般，不断衍异、不断置换、不断浓缩，精神分析偏执妄想的“文字狱”才能真正开展“文字谜”歧路亡羊的最终不可解。

# 宝贝与冤家

鲁迅说，头发是中国人的宝贝与冤家。诞生于清朝末年浙江绍兴的鲁迅，自幼是留小辫子的，直到一九〇三年二十三岁时才在日本东京剪去发辫，蓄起“东洋头”短发，直至过世。但在日本剪去的小辫子却“阴魂不散”地反复出现在鲁迅的小说与散文之中，“仿佛思想里有鬼似的”，成为鲁迅文本中的“毛病”，既是“毛发”之病，也是不舒坦、不安适的疾病。孙中山先生在“四大寇”时期的照片也留着小辫子，但一张“断发易服照”便立即呈现出新气象。就算是后来改制称帝的袁世凯在就任中华民国大总统之前，也得做做“表面”/“门面”功夫，命令海军将军蔡廷干把他作为清朝重臣的“小辫子”剪掉：“蔡将军用力一剪，就把袁世凯变成了一个现代人。”（芮恩施，《一个美国外交官使华记》）对革命家孙中山先生或对投机政客袁世凯而言，“剪辫”乃为中国现代性的“象征”，一刀下去便由清朝到民国，由专制到共和，由传统到现代。但对文学家鲁迅而言，“剪辫”恐怕不是中国现代性的“象征”，而是中国现代性的“病征”，斩草不除根，春风吹又生。

但在正式进入《阿Q正传》的阅读之前，先让我们绕道而行看一下鲁迅另外两篇有关“小辫子”的短篇小说。《头发的故事》与《风波》都写于一九二〇年十月（我们会陆续发现，鲁迅“毛（发之）病”的“有病呻吟”，多发作在纪念辛亥革命的双十节前后，以及生病卧床之际），后与《阿Q正传》皆收录于鲁迅在一九二三年刊行的第一本短篇小说集《呐喊》之中。但将此两篇作品加以比较，却会发现其中存在着显著的差异，不仅有时间的差异（一以倒叙方式回到辛亥革命前，一处理一九一七年的张勋复辟），有空间的差异（城市／乡下），有阶级的差异（知识分子／船夫），更有小说本身在叙事与美学结构上的差异:《头发的故事》写得太坏，而《风波》写得太好。同样写在十月，同样处理男人辫发，同样收在《呐喊》里，为什么一篇是杰作，一篇是败笔？

《头发的故事》虽有一个第一人称的“我”，但全篇几乎是第三人称的N先生夫子自道，连对话都被独白取代。这位脾气乖张、不通世故的N先生一出场，就先将作为中华民国“国族象征”的“国旗”，嘲讽成“一块斑驳陆离的洋布”。但今年的双十节，还是让N先生想起了第一个双十节，追忆起故人同志的革命流血牺牲而坐立不安。于是他话锋一转，谈起了中国历史政治上的发式考掘学：

> N忽然现出笑容，伸手在自己头上一摸，高声说：
>
> “我最得意的是自从第一个双十节以后，我在路上走，不再被人笑骂了。
>
> ……
>
> “我们的很古的古人，对于头发似乎也还看轻。据刑法看来，最要紧的自然是脑袋，所以大辟是上刑；次要便是生殖器了，所以宫刑和幽闭也是一件吓人的罚；至于髡，那是微乎其微了，然而推想起来，正不知道曾有多少人们因为光着头皮便被社会践踏了一生世。
>
> “我们讲革命的时候，大谈什么扬州十日，嘉定屠城，其实也不过一种手段；老实说：那时中国人的反抗，何尝因为亡国，只是因为拖辫子。
>
> “顽民杀尽了，遗老都寿终了，辫子早留定了，洪杨又闹起来了。我的祖母曾对我说，那时做百姓才难哩，全留着头发的被官兵杀，还是辫子的便被长毛杀！
>
> “我不知道有多少中国人只因为这不痛不痒的头发而吃苦，受难，灭亡。”

在这一大段的夫子自道中，辛亥革命的成功被解读成一种触手可及的“手势”与身体位置，“伸手”在自己“头上”一摸，革命的实际贡献在于把辫子除掉了，而非“驱除鞑虏，恢复中华”等好高骛远、振奋人心的微言大义。这个下意识摸一下头顶的手势是鲁迅惯有的身体动作，“这手势，每当惊喜或感动的时候，我也已经用了一世纪的四分之一，犹言‘辫子究竟剪去了’”（《因太炎先生而想起的二三事》）。而原本壮烈牺牲、可歌可泣的抗清历史事件，也被同样的思考逻辑解构成强制身体规训（剃发留辫）下的反弹。这种阅读历史的方式，正是在中国现代性的抽象理念中（不管是亡国还是建国）抓出“小辫子”、抓出身体的物质性与惯性，抓出身体发肤的“枝微末节”。当意识／形态化为身体发肤的控制时，当剃发（短毛）／蓄发（长毛）、留辫／剪辫成为国族认同的僵固象征时，不痛不痒的头发当然“辫”得又痛又痒。百姓难为，有时留小辫子是死，有时不留小辫子居然也是死。于是近现代中国“头发的故事”，成功地将“辫发”与“死亡焦虑”缠绕在一起，古时排名第一的砍头“大辟”与名列末尾的挫发“髡刑”遂相互“塌陷”，造成近现代中国男人的身上“留头不留发，留发不留头”的恐怖统治，让脑后的小辫子决定头颈上的脑袋瓜子。近现代中国男子“蓄辫”所造成的身体征候，一言以蔽之，小辫子乃脑袋瓜子之所系，一图以详之，Q 也。

说完头发的“大历史”，N 先生便自恋地开始说起自己头发的“小历史”，而 N 先生头发的“小历史”又几乎与鲁迅头发的“小历史”相吻合：N 先生出国留学时剪掉了辫子，回到中国后先在上海买了一条市价两元的假辫子充数，但被众人识破，“拟为杀头的罪名”。辛亥革命前N先生无辫之灾的悲惨遭遇（也是鲁迅的亲身经历），正是“蓄辫”的身体征候（小辫子乃脑袋瓜子之所系）“残存”在“剪辫”的身体征候里：N先生全身上下只不过是少了一条小辫子而已，却“终日如坐在冰窖子里，如站在刑场旁边”。活在砍头焦虑中的N先生，剪辫有如斩首，只是示众的时间拖得更长、更久、更痛苦而已。莫怪乎第一个双十节他最兴奋的事，便是走在路上不再被人笑骂。辛亥革命的回忆让N先生笑得如此得意，不仅是伸手一摸，小辫子没有了的喜悦，也是伸手一摸，头还在的侥幸。

《风波》里也有一位因为没有小辫子而充满“砍头焦虑”的男人七斤，危颤颤“便仿佛受了死刑宣告似的”。N先生是留学归国的教育人士，没读过书的七斤是乡下鲁镇的撑船船夫（难怪N是时髦的洋字，而俗气的七斤则是出生时的斤数当小名）；N先生的辫发是在海外自己剪的，七斤的辫发是进城时被抓去剪的；N先生现在留着东洋式小平头，七斤则是光头一个；N先生是在革命前因没有小辫子而受尽身心折磨，七斤是在革命后因复辟当头没有小辫子而惶惑悚栗。七斤嫂不久便瞧见了邻村的遗老赵七爷从独木桥上走来，身上穿着不轻易穿的宝蓝色竹布长衫，而更重要的是，赵七爷放下了原本像道士一样盘在头顶的辫子，“变成光滑头皮，乌黑发顶；伊便知道这一定是皇帝坐了龙庭，而且一定须有辫子，而且七斤一定是非常危险”。果不其然，赵七爷一声吆喝“你家七斤的辫子呢”，吓得七斤“仿佛受了死刑宣告似的，耳朵里嗡的一声，再也说不出一句话”。

没有《风波》的对照，我们恐怕很难单从《头发的故事》里，知晓“剪辫”作为中国现代性“象征”的“城/乡差距”。民国政府发布的“剪发令”（剪辫）和清初顺治皇帝发布的“剃发令”（剃发蓄辫）一样，都受到守旧人士的抵抗。（不限遗老遗少、不拘满人汉人，用鲁迅的话说，没什么民族气节可言，“生降死不降”不过是老毛病不想改罢了。）所谓上有政策、下有对策，赵七爷式的“盘辫”，乃为民国初期多数乡下士绅与农民所身体力行的新中间路线。“盘辫”也者，“辫发的变发”也，随时视大局所趋而盘上或放下，你说他没变，但确实脑后空荡荡，看不见小辫子长长垂下，你说他变了，却又随时可以“辫”回来。（在《阿Q正传》里会有更多的“盘辫家”登场。）君不见在张勋复辟时，一些早被剪去辫发的遗老遗少纷纷进京求见，“他们没有辫子，就跑到制作戏装道具的店铺，央求店家用马尾给做假发辫。没有朝服、顶戴，就求助于估衣铺、旧货摊，甚至买装殓死人的寿衣代用”（常人春，《老北京的穿戴》）。相较之下，这些乡下的“盘发家”就有先见之明多了。（虽说盘了几年的头发，也只派上了十几天用场。）

同样，没有《风波》的对照，我们恐怕也很难单从《头发的故事》里，知晓“剪辫”作为中国现代性“病征”的“文化阶级差异”。没错，N先生与七斤一样，都有从“蓄辫”到“剪辫”所引发的“砍头焦虑”。“辫发”作为身体规训的一种“社会铭刻”而言，对读过书（古书加洋书）的N先生与对没读过书的七斤都一样，但“剪辫”作为一种中国现代性的“文化表征”，却独属于N先生这类的知识分子。换言之，对进城去迷迷糊糊被剪去辫子的七斤而言，“剪辫”只是倒霉，并不需要附以特别的意义，但对自己决定亲手剪去辫子的N先生而言，“剪辫”不仅被附以意义，而且还是沉重巨大带有强烈民族耻辱与创伤的意义，想想章太炎在剪辫后慷慨激昂写的《解辫发》，想想鲁迅在二十三岁剪辫后赠与好友许寿裳的玉照，以及照片背后所题的那首著名《自题小像》：“灵台无计逃神矢，风雨如磐暗故园。寄意寒星荃不察，我以我血荐轩辕。”对清末民初的知识分子而言，“辫发”绝对是一个“满”的符号（既是充满强烈民族耻辱与创伤意义的“满”，也是满族的“满”），而非一个“空”的符号。

然而这个“剪辫”的深厚文化意义，却在鲁迅的故事里被更改、被压抑，甚至被遗忘。《头发的故事》里N先生言行不一的蹊跷，不在于自己剪辫却不鼓励自己的学生剪辫。N先生言行不一的蹊跷，在于轻描淡写自己在国外“剪辫”只是为了功能性的“简便”而已：“这并没有别的奥妙，只为他太不便当罢了。”N先生对“剪辫”所引发的砍头焦虑与身体征候描绘甚微，为何对“剪辫”的象征意义却大事化小、小事化无成“简便”，让近现代中国男人的“辫发”从一个“满”的符号“挖空”成单纯实用上的考虑，这恐怕才是《头发的故事》里真正还没有被抓出的“小辫子”。所以若就短篇小说的技巧来分高下，《风波》有成熟的叙事观点，生动惟肖的人物刻画与对白，紧凑环扣的情节发展，就连描写七斤女儿六斤新近裹脚、“在土场上一瘸一拐地往来”的结尾，都有画龙点睛、戛然而止之妙，而同年同月同题材写的《头发的故事》就失之于太像自传散文而无小说结构或戏剧营造了。但若就创作的心理破绽而言，《头发的故事》却比《风波》更有待推敲，这篇短篇小说之失败，是否就在于N先生与鲁迅太近，近到缺少安全距离，是否就在N先生四平八稳的夫子自道中，还压抑着其他阴魂不散的小辫子，是否一年以后《阿Q正传》的成功，就在于鲁迅决定以阿Q（七斤）的角度，而不是以“假洋鬼子”（N先生）的角度再写一遍小辫子，让美学的安全距离保障了心理的安全距离，也让知识分子N先生对革命的幻灭，与乡下百姓七斤对革命的无知，彼此相互塌陷成革命犹如一场荒谬的闹剧，让“辫发”由一个“满”的符号，变成一个“空”的符号，让“剪辫”由辛亥革命中国现代性的“象征”，滑落成中国现代性中不干净、不彻底的残余“病征”，让“毛发之病”成了中国人身/心相互塌陷、不时发作、阴魂不散的“毛病”？

# 以不辫应万变

《阿Q正传》里充满了对头 / 头皮 / 头发的偏执与焦虑，并由此发展出“留辫 / 剪辫”“砍头 / 被砍头”“看 / 被看”的一系列心理恐惧。阿Q一出场，就被点名“头皮”上的缺点，“颇有几处不知起于何时的癞疮疤”，当闲人刻意犯忌撩他时，阿Q每次开打之余，却“在形式上打败了，被人揪住黄辫子，在壁上碰了四五个响头”，落得只能用“精神胜利法”在心里嘀咕“我总算被儿子打了”。然而这在打斗时需要时时护住的“命根子”，在革命之后又遭逢什么样的命运？首先城里传来风声鹤唳的消息，“有几个不好的革命党夹在里面捣乱，第二天便动手剪辫子，听说那邻村的航船七斤便着了道儿，弄得不像人样子了”。（想必这就是《风波》的前世。）于是未庄居民不敢进城，却也在家乡“伪装”起来以响应革命。

几天之后，将辫子盘在顶上的逐渐增加起来了，早经说过，最先自然是茂才公，其次便是赵司晨和赵白眼，后来是阿Q。倘在夏天，大家将辫子盘在头顶上或者打一个结，本不算什么稀奇事，但现在是暮秋，所以这“秋行夏令”的情形，在盘辫家不能不说是万分的英断，而在未庄也不能说无关于改革了。

封建末世的“盘辫家”搞不懂革命与造反，搞不懂“明”（反清复明）与“民”（推翻清朝、建立民国）的分别。难怪“盘辫家”精神分裂，一方面相信革命党进了城，“个个白盔白甲：穿着崇正皇帝的素”（连明朝最后一个皇帝“崇祯”的年号都以讹传讹成“崇正”，就像“自由党”谐声成“柚油党”一样），一方面又冲进静修庵砸了“皇帝万岁万万岁”的龙牌。故“盘辫家”新中间路线的蹊跷，不仅踩在留辫 / 剪辫的取巧之间，踩在秋行 / 夏令的寒暑之间，还以一种极度反讽的方式，踩在生者 / 死者的幽冥之间。鲁迅在《生降死不降》中曾破口大骂革命党滥用民族主义的要求：“他们说——汉人死了入殓的时候，都将辫子盘在顶上，像明朝制度，这叫做‘生降死不降’！”按照反清的革命逻辑，生在清朝时期的汉人，死了都要做明朝鬼，但按照鲁迅嘲讽式的解读，生降死不降发生在每个改朝换代，把前一朝因循苟且的习惯带到后一朝而已。

但这番话却也同时点出了“翘辫子”（即把辫子盘在头顶）的

最早由来，“盘辫”的另一个出处。“翘辫子”不仅是指一般意义上人的死亡，更有其历史与身体发肤的特殊性。满族入关强制汉人剃发异服，原先的“杀无赦”经强烈反抗后妥协为后来的“十不从”：男从女不从，生从死不从，阳从阴不从，官从隶不从，老从少不从，儒从而释、道不从，娼从而优伶不从，仕宦从而婚姻不从，国号从而官号不从，役税从而语言文字不从。于是生前留着小辫子的汉人，死的时候将辫子盘在头顶以“明”志。（汉人的传统发式乃束发为髻于头顶，但清朝统治下已剃去半边头发的汉人，是无法按照传统方式束发于顶的。）但辛亥革命后的“盘辫家”究竟是明朝的鬼、清朝的鬼，还是民国的活死人？暂时“不降”于民国剪发令的“盘辫家”，只好以十分“不祥”的“翘辫子”发式苟且偷安。“盘辫家”不上不下、不秋不夏、不生不死的发式，不是正好又一次凸显了辫发作为中国现代性“病征”不干净、不彻底的种种鬼魅性？

但除了为数众多的“盘辫家”（包括阿Q）以外，《阿Q正传》中还有另一位“以不辫应万变”的变发家，就是阿Q眼中的“假洋鬼子”。“假洋鬼子”像N先生又不像，他从东洋回来后，“腿也直了，辫子也不见了，他的母亲大哭了十几场，他的老婆跳了三回井。后来，他的母亲到处说：‘这辫子是被坏人灌醉了酒剪去的。本来可以做大官，现在只好等留长再说了’”。但“假洋鬼子”最特殊最鬼魅的发式，却是丢掉假辫后所留半长不短的披肩散发：

只见假洋鬼子正站在院子的中央，一身乌黑的大约是洋衣，身上也挂着一块银桃子，手里是阿Q曾经领教过的棍子，已经留到一尺多长的辫子都拆开了披在肩背上，蓬头散发的像一个刘海仙。

“假洋鬼子”在这里的披肩散发造型颇为耐人寻味。“盘发家”把小辫子盘到头顶上，至少确保脑后空荡荡，“假洋鬼子”则是把一尺多长的辫子拆开了散在肩上，也是脑后有发却无辫，两者皆有异曲同工的“以不辫应万变”之道。头发是长是短没关系，是盘在顶上还是散在肩上也不要紧，重要的是不能绑成“小辫子”，免得被人抓到“小辫子”。如果明末清初“剃发令”的重点首在“剃发”，次在“辫发”（相信“身体发肤，受之父母”的汉人，相信头发不全乃奴隶罪犯的汉人，反抗的重点当然在剃发。而向来留长发的汉人，被剃去半边头发后，便自然无法再束发了），那清末民初“剪发令”的重点则首在“剪辫”，与剃不剃发、留长发短发无关。但“假洋鬼子”的披肩散发，除了说明他的投机性格（戴着革命党的勋章，充当假革命的反革命分子，还不许阿Q革命）如何反映在他的发式造型上（像是留了一个辫子根，随时见风转舵都行），也同时点到了一个有关“辫发”的“唯物论”矛盾：明末清初“剃发”后就自然被迫“辫发”，清末民初“剪辫”后就自然被迫“剃发”，只是这次剃的是整个头。

此话怎说？在《风波》里进城时被剪去小辫子的七斤，从此成了光头。《阿Q正传》里当阿Q被抓到城里的衙门时，“上面坐着一个满头剃得精光的老头子。阿Q疑心他是和尚，但看见下面站着一排兵，两旁又站着十几个长衫人物，也有满头剃得精光像这老头子的，也有将一尺来长的头发披在背后像那假洋鬼子的”。若从清朝“十不从”中的“儒从而释、道不从”角度观之，假洋鬼子一尺多长的披肩散发，弄得僧不僧、道不道，那这些乡下与城里的光头，便更是弄得僧不僧、俗不俗，正像当时歌谣里呈现民国初社会僧俗不分的乱象，“老北京人一时传唱：‘袁世凯瞎胡闹，一街和尚没有庙’（顾颉刚，《北平歌谣续集》第八首）。这里说的‘和尚’是指剪去辫发、剃了光头的人。虽然落了发，但没有出家归庙。言外之意是说，剪发令造成社会上僧俗不分的混乱现象”（常人春，《老北京的穿戴》）。

但为什么辛亥革命后的剪辫令一下，便光头男子满街乱跑呢？《阿Q正传》里被阿Q调戏捉弄的小尼姑，她的光头源于三宝弟子剃发出家，六根（眼耳鼻舌身意）清净，但不出家却剃了光头的这群男人满街乱跑，又是为了哪桩？先让我们回顾一下中国近现代历史中的发式变迁。如《头发与发饰民俗：中国的发文化》（叶大兵、叶丽娅著）所描绘的：

> 清末，男子梳独辫。青年以辫长为美。民谚云：“勿择田，勿择地，择个丈夫辫拖地。”有的辫长拖到脚跟，辫短

的则装上假长辫。辛亥革命后，男子剪辫子，年纪大的前半部头发剃光，后半部留至耳门，青壮年多剃平头圆头，俗叫“光郎头”“秃头”“葫芦头”“和尚头”。平头，即额前留短发，俗称“水平头”。青年人爱漂亮，把头顶所留长发向两边梳开，俗叫“分头”；有的把前额处的长发梳拢很高，俗称“凤头”，又贬称为“鸪鸪头”；把留凤头的长发修剪得较短，顶部很平，俗叫“小平头”或“东洋头”；在农村乡镇的老年人仍留辫子，把两侧和前半部的头发剃光，后半部留着长发修剪齐脖，犹如辫子根，俗叫“老鸭腚”又叫“二刀毛子”，直至三四十年代才彻底灭迹。

由这段清末民初发式变迁、百家争鸣的叙述中得知，“剪辫”从来不是“传统”与“现代”、“封建”与“共和”的分水岭，就像历史从来不能一刀两断一样。《阿Q正传》只告诉我们革命后假洋鬼子还留着拆散了的辫子根，而这段发式变迁史则告诉我们，还有无数的辫子根残存在乡下“二刀毛子”的发式中直到三四十年代。这段叙述中还是有不清楚的地方，即青壮年的“平头”“水平头”与“圆头”“和尚头”有何不同。鲁迅曾笑称，几幅阿Q像上的辫子都不合适，因为现在的年轻人“当然不会深知道辫子的底细的了”(《病后杂谈之余》)。如果不是常人春在《老北京的穿戴》里的一段文字，想要抓中国现代性小辫子的我们，恐怕也不会知道民国初期“光头”的底细的了：“清朝灭亡后，男人剪了辫子，多数人剃了光头，人们互相戏称‘大秃瓢儿’‘大秃葫芦’‘游方和尚’……后来兴出了‘洋推子’（剪头工具），才分出剃光、推光两种。”原来关键在于工具的普及性（充满城乡与阶级的差异性），在“洋推子”不普及的地方，当“剃头摊”还没成为“理发店”时，除非是满头剃光，“剪辫”很难不留下辫子根的。

于是Q的小辫子，打破了封建/共和、清朝/民国、传统/现代的二元对立，因为小辫子剪了以后还会长，长了以后还可以剪，小辫子还可盘、可束、可编、可散、可剃、可推，小辫子作为历史时间的唯物载体，小辫子作为身体空间的边界划分，小辫子作为国民身体意象的认同差异，都是一般犹疑不决，无法掌握、无法确定，时时充满越界的流动可能。《阿Q正传》透过“盘辫”“散发”与“光头”的发式混乱（既非传统也非现代，但也可以是既传统又现代），凸显了革命与俗民百姓的隔阂，也同时让那藏在Q里好玩的小辫子，变得可耻、可恶、可恨、可悲、可悔。而《阿Q正传》的鬼魅性，就是让这些“精神状态”都身体发肤化，让劣“根”性的“譬喻”与“字义”相互塌陷，让“小辫子”成为中国“陷”代性的“身心症”。

当阿Q有样学样用一支竹筷将辫子盘在头顶上时，当阿Q生气小D居然也有样学样用一支竹筷将辫子盘在头顶上时，难不成Q就是“小辫子”，“小辫子”就是愚昧守旧、欺善怕恶，“小辫子”就是“以不辫应万变”，“小辫子”就是中国国民性真正的劣“根”性所在。鲁迅曾说，“假如有人要我颂革命功德，以‘舒愤潓’，那么，我首先要说的就是剪辫子”（《病后杂谈之余》）。但如果对鲁迅而言，辛亥革命换汤不换药，真正的贡献只是剪了一条小辫子，那《阿 Q 正传》最大的悲凉，就是告诉我们辛亥革命是连一条小辫子都“剪不断、理还乱”的呀。

# 鲁迅的头发

鲁迅的爱人许广平曾经追忆她在课堂上第一次看到鲁迅时的模样："在钟声还没收住余音，同学照往常积习还没就案坐定之际，突然，一个黑影子投进教室来了。首先惹人注意的便是他那大约两寸长的头发，粗而且硬，笔挺的竖立着，真当得'怒发冲冠'的一个'冲'字。"（《鲁迅和青年们》）头发粗硬的鲁迅，留起辫发时想必绢光乌黑，但我们从未得见，我们印象中的鲁迅已是东洋小平头。

鲁迅二十三岁时（一九〇三年）在日本东京剪辫，他剪去的辫子当然没有带回中国，"我的辫子留在日本，一半送给客店里的一位使女做了假发，一半给了理发匠"（《病后杂谈之余》），但似乎鲁迅剪辫的后遗症，却阴魂不散地缠绕着鲁迅的身体表面与书写文本，至死不休。鲁迅生前最后一篇未完而辍笔的残稿，写的还是中国男人的辫发，难怪有批评家庄信正说，鲁迅对辫子的耿耿于怀，仿佛果戈理之对于自己的鼻子（《阿Q的辫子》）。

鲁迅有两篇谈论自己头发的散文，一篇是写于一九三四年的《病后杂谈之余》，一篇是写于一九三六年十月死前的残稿《因太炎先生而想起的二三事》。这两篇散文的共同点，除了都是病中之作外（说也奇怪，每到双十前后，且/或生病卧床之余，鲁迅就"仿佛思想里有鬼似的"谈起辫发），两篇皆是以"补遗"的方式出现，《病后杂谈之余》写于《病后杂谈》之后，《因太炎先生而想起的二三事》写于《关于太炎先生二三事》之后。而形式上的"补遗"（前篇言有未尽之处再加以补充说明），却是另一种内容上大同小异的"补遗"，《病后杂谈之余》又说了一遍鲁迅的短篇小说《头发的故事》，旧事重提小说中N先生的无辫之灾，只是这次主人翁换成鲁迅自己而已。而《因太炎先生而想起的二三事》则又说了一遍《病后杂谈之余》。

"补遗"像是一种补漏洞，一说再说，每次说都说不完全，下回还得重复说。"补遗"像是一种"强制重复"，一而再、再而三地反复说，忘记自己早已说过。如果"剪辫"是近现代中国男人身体上的重要"创伤表面"，那鲁迅的"剪辫"创伤不仅在于将他自己因"这不痛不痒的头发而吃苦，受难，灭亡"的亲身经历惨痛地铺陈，更在于创伤变成一种"形式"，一种"内容"之外一说再说的反复"形式"。"剪辫"——一刀剪去脑后长长垂下的辫发——好似造成一种填补不了的“匮缺”，需要反复补遗，一种无法愈合的“伤口”，需要反复舔舐，而此“匮缺”与“伤口”既属于视觉与身体官能，也属于心理与创伤记忆。

# 猪尾巴的身体耻辱

但如果男人“辫发”是近现代中国在西方帝国凝视下“耻辱”的象征，那鲁迅在日本一刀剪去“猪尾巴”的勇敢行动，应该是耻辱的终结，为何却有可能是另一种创伤的起始？先让我们看看章太炎的《解辫发》一文中，如何铺陈清末民初知识分子“剪辫”的复杂心态：“支那总发之俗，四千年亡变更。满洲入，始剃其四周，交发于项下，及髋髀。一二故老，以为大辱”，然日久积习后，汉人对脑后的辫发也就见怪不怪，直到“日本人至，始大笑悼之。欧罗巴诸国来互市者，复蚩鄙百端。拟以猳豚，旧耻复振”（《辫子、小脚及其他》）。在章太炎的分析中，辫发成为近现代中国男人身体上的耻辱创伤，乃“新耻”（东洋人与西洋人眼中的猪尾巴）唤起“旧耻”（满族人强加于汉人身上的异族统治符号）之结果。如果历史的进程强调时间的“顺时性”，那创伤的回返凸显的便是时间的“逆时性”，创伤强度的双重加倍，乃是在时间的节点上"回溯"召唤的结果。但当鲁迅一而再、再而三地写到他在日本"剪辫"的经验时，却只是强调实用功能上的"简便"而已，让辫发由为一个"满"的符号一再被掏空，这又是哪一个时间节点上的"回溯"否认呢？

在《病后杂谈之余》，鲁迅自言从小生长在偏僻地区，原本对满汉的差异毫不知情，"只在饭店的招牌上看见过'满汉全席'字样，也从不引起什么疑问来"。而最初提醒他满汉界限的不是书，而是辫子。

> 这辫子，是砍了我们古人的许多头，这才种定了的，到得我有知识的时候，大家早忘却了血史，反以为全留乃是长毛，全剃好像和尚，必须剃一点，留一点，才可以算是一个正经人了……
>
> 住在偏僻之区还好，一到上海，可就不免有时会听到一句洋话：pig-tail——猪尾巴……对于拥有两百余年历史的辫子的模样，也渐渐的觉得并不雅观，既不全留，又不全剃，剃去一圈，留下一撮，又打起来拖在背后，真好像做着好给别人来拔着牵着的柄子。对于它终于怀了恶感……

这种对辫发由无知到恶感的细致心理转变，显然与章太炎等清末民初知识分子旧耻唤起新耻的民族意识觉醒如出一辙，显然也可以合理解释为鲁迅出洋一年后，毅然决然剪去辫发的心理背景。但这种推论方式却被鲁迅自己一再否认,《头发的故事》中 N 先生谈到他的剪辫,“这并没有别的奥妙,只为它太不便当罢了”。鲁迅在死前谈到他的剪辫,也还是坚称“毫不含有革命性,归根结蒂,只为了不便:一不便于脱帽,二不便于体操,三盘在囟门上,令人很气闷”(《因太炎先生而想起的二三事》)。越是强调没有奥妙,越是强调不具革命性,不就越是“此地无银三百两”而引人疑窦吗?辫发确实如鲁迅所言有诸多不便,但实用性的考虑与革命象征性的意义彼此并不相互排拒,为何鲁迅一再要用凸显前者的方式,去否认后者呢?

# 我以我发荐轩辕

这否认的心理机制第一个点出的，当然是鲁迅对革命的幻灭。《阿 Q 正传》里写革命换汤不换药，“知县大老爷还是原官，不过改称了什么……官，带兵的也还是先前的老把总”。革命在未庄造成的改变，只是不革命也不反革命的“盘辫家”之出现，只是弄不清楚造反与革命、只会起哄瞎闹的阿 Q 迷迷糊糊地被抓进衙门、莫名其妙地丧了命。莫怪乎鲁迅说，民国以前人民是奴隶，民国以后，众人都变成前奴隶的奴隶了。

因而对鲁迅而言，辛亥革命或许强化了当时中国国民性中的奴隶性与家畜性。“革命，反革命，不革命。革命的被杀于反革命的。反革命的被杀于革命的。不革命的或当作革命的而被杀于反革命的，或当作反革命的而被杀于革命的，或并不当作什么而被杀于革命的或反革命的。革命，革革命，革革革命，革革……”(《小杂感》)。鲁迅在此正是运用文字的反复，凸显近现代中国革命存在的问题。革命不论作为反清或反洋的新国族号召，都在鲁迅的心理彻底破产成空洞的文字搬弄。（可怕的是，这些毫无意义的文字搬弄还是一样会杀人砍头的。）

或许鲁迅对“剪辫”象征意义的否认，正在于他作为启蒙者与幻灭者的“自我分裂”，昔日改造旧中国的理想，化为今日绝望的呐喊，昔日率先去辫的进步知识分子，成为今日愤世嫉俗的怀疑论者。“见过辛亥革命，见过二次革命，见过袁世凯称帝，张勋复辟，看来看去，就看得怀疑起来。”但鲁迅对革命的幻灭，除了来自中华民国建立后的军阀争权、党人内斗的乱象丑态外，会不会还有一层更幽微、更无法直面或睁了眼看的心理矛盾？在日本加入反清革命组织的鲁迅，曾被派回国刺杀清廷大员，但动身前他却迟疑了，“如果我被抓住，被砍头，剩下我的母亲，谁负责赡养她呢”？于是光复会收回成命，改派他人（王晓明，《无法直面的人生：鲁迅传》）。鲁迅出于孝心的真实顾虑，恐怕在其他革命同志眼中，却是胆小退却的表现，鲁迅终究只能以“我发”（剪辫）而非“我血”荐轩辕。

革命者必须义无反顾、勇往直前，鲁迅的疑虑，让行动变成思考，让“无畏”的牺牲变成“无谓”的牺牲。（鲁迅对同为光复会成员徐锡麟、秋瑾壮烈牺牲的态度，一直摆荡在“无畏”与“无谓”之间。）这或许可以说明为何鲁迅在绍兴中学做学监，面对学生剪辫风潮时，力劝他们不要剪辫，“他们却不知道他们一剪辫子，价值就会集中在脑袋上。轩亭口离绍兴中学并不远，就是秋瑾小姐就义之处，他们常走，然而忘却了”(《病后杂谈之余》)。或许鲁迅自己也忘却了、压抑了、否认了自己剪辫时曾有的救国救民、慷慨激昂，忘却了、压抑了、否认了自己面对革命行动时曾有的迟疑不决，但“砍头焦虑”与“死亡偏执”却好似正因为这必需的忘却、压抑与否认，而阴魂不散、如影随形地跟了鲁迅一辈子。

# 小辫子与小胡子

但在鲁迅“剪辫”的心理否认机制里，就只有这一条“革命幻灭”的小辫子可抓吗？回到鲁迅的文本，我们发现把辫子留在日本回到中国的鲁迅，除了“无辫之灾”外，还长期忍受着另一种“留须之苦”。剪去辫发、留起胡子的鲁迅，不仅因没有小辫子而苦，也因有了小胡子而恼，他不仅被不相识的人“误识”成日本人，更被所谓的“国粹家”与“改革家”批评得两面不是人。“国粹家”认为中国人传统的胡子尾部尖端应该下垂（虽然据鲁迅自己的考据，被当成国粹、依地心引力而下垂的胡子乃是蒙古式的，元朝之前画像上的胡子皆上翘），而留学日本的鲁迅，竟学起可恶的日本人留起尾部尖端上翘的“仁丹胡”（虽然鲁迅也辩称上翘的胡子，与其说是学日本，还不如说是日本学德国）。

后来鲁迅不堪其扰，再加上回到中国后不容易买到修饰胡子上翘尖端的胶油，而决定让胡子自然下垂，此时“改革家”又跳出来说他封建守旧，留起国粹式的胡子。鲁迅终于有一天，“我独坐在会馆里，窃悲我的胡须的不幸的境遇，研究他所以得谤的原因，忽而恍然大悟，知道那祸根全在两边的尖端上。于是取出镜子，剪刀，即刻剪成一平，使他既不上翘，也难拖下，如一个隶书的一字”。“我的胡子‘这样’以后，就不负中国存亡的责任了。”(《说胡须》)

鲁迅以自我调侃的方式，将崇高的“国家”与末节的“胡子”相提并论，颇有“仿笑史诗”的修辞效果。然而不幸的是，鲁迅文本中“国家”与“胡子”或“辫子”的相提并论，并非纯粹修辞上的反讽嘲弄而已。辫发的有无与胡须的上翘或下垂，都一般动则得咎、不得自由。这些本就不应该负担国家兴亡责任的身体发肤，却被赋予国族现代性的巨大意义。整个中国在近现代历史上的奇耻大辱，使得身体发肤的“枝微末节”都逃不掉被过度符号化、过度象征化的命运。“国粹家”与“改革家”对胡须样式的诠释，正是中国现代性在身体发肤上斤斤计较、偏执妄想的病征，而鲁迅不上翘也不下垂的一字胡，则成为这偏执妄想症迫害下的妥协牺牲。历史创伤与耻辱记忆所造成“过度象征”的偏执，使得近现代中国人身上到处都是“毛病”，到处都是让人不得舒坦、不得安适的毛发“身心症”。身受“无辫之灾”与“留须之苦”的鲁迅，一而再、再而三地辩称“剪辫”的实用性，该不会也是一种对这个过度象征化的国族现代性身体所做的反抗吧。

# 身体毛发的反串表演

然而因“仁丹胡”而被“误识”成日本人的鲁迅，并没有谈到“仁丹胡”作为他自己潜意识欲望结构中想象认同日本的任何可能，就好像他的“东洋小平头”也只是剪辫后自然形成的发式一般。同样的，二十三岁剪辫的鲁迅，不久后就留起胡须，虽“少爱鬓发老爱须”，但鲁迅留胡须的年龄也未免太早。是因为剪去脑后的小辫子，就要留起嘴上的小胡子以求心理平衡吗？是因为当时日本青年视留须为时髦吗？是因为鲁迅感时忧国、少年老成的自我期许吗？是因为感到身体外貌上需要胡须来强调男性的生理性征吗？看看鲁迅是怎样描写那些不留小胡子、只留小辫子的“清国留学生”。

上野的樱花烂漫的时节，望去确也像绯红的轻云，但花下也缺不了成群结队的“清国留学生”的速成班，头顶上盘着大辫子，顶得学生制帽的顶上高高耸起，形成一座富士山。也有解散辫子，盘得平的，除下帽来，油光可鉴，宛如小姑娘的发髻一般，还要将脖子扭几扭。实在标致极了。(《藤野先生》)

像小姑娘一般标致的“清国留学生”，漫步在烂漫樱花、绯红轻云的阴性场景之中。鲁迅在此尖酸刻薄的，正是那中国男人头上盘起或放下的辫子所造成的“性别暧昧”。在东洋加西洋的凝视之下，近现代中国男人原本“阳性”的辫发被迫“阴性化”，成为“猪尾巴”的种族弱势象征，也成为男不男、女不女的性别耻辱象征。鲁迅的“剪辫”该不会跟“留须”一样，都有一层未曾言明的性别焦虑在？鲁迅曾开骂以梅兰芳为代表的京戏“反串”传统，“我们中国的最伟大最永久，而且最普遍的艺术也就是男人扮女人”(《论照相之类》)。该不会梅兰芳的“男人扮女人”之所以罪大恶极，就在于以最“显性”的戏剧手法，表现出一个最普遍存在的“隐性”事实：积弱不振的近现代中国，使得中国男人尽皆阴性化，而站在花下留着小辫子的“清国留学生”，不是个个都像男人扮女人吗？

或许因为这样，同是“清国留学生”的鲁迅要剪去辫发，留起胡须。或许因为这样，“性别焦虑”成为比“革命幻灭”、比“反身体象征”更为幽微不可说的“小辫子”，藏在“剪辫”的否认心理机制里不可知。但这缘起于历史创伤的“性别焦虑”，会不会本身也是时间节点上一种“回溯”的否认呢？现在被视为“阴性”的辫发，曾经被视为“阳性”，现在被视为“丑陋”的辫发，会不会也曾经被视为“美丽”呢？鲁迅在逝世前的第二十五个双十节，卧病在床之余，“仿佛思想里有鬼似的”，又写起中国男人的辫发。只是这一次他出乎意外、前所未有地写到辫发之美：

> 见惯者不怪，对辫子也不觉其丑，何况花样繁多，以姿态论，则辫子有松打，有紧打，辫线有三股，有散线，周围有看发（即今之“刘海”），看发有长短，长看发又可打成两条细辫子，环于顶搭之周围，顾影自怜，为美男子。（《因太炎先生而想起的二三事》）

即便这段叙述中无法完全排除鲁迅惯有的嘲讽口吻，但对辫发花样细节的如数家珍，却是叫人刮目相看的。《因太炎先生而想起的二三事》写于鲁迅剪辫后的第三十三年，辛亥革命后的第二十五年，却是鲁迅生前也是死前第一次提到辫发可能的美感经验。鲁迅以前谈过辫子的花样，总是小丑如何挽一个结，插上纸花打诨，舞关王刀变戏法地如何把头一摇，辫子劈啪一声盘在头顶。而鲁迅生前谈过最多的则是辫子作为“把柄”的可笑，打架的时候拔住，捉人的时候拉住，“只要捏住辫梢头，一个人就可以牵一大串”（《病后杂谈之余》）。

这一回鲁迅谈的却是辫发在成为国族耻辱（新耻唤起旧耻）之前，在成为不男不女的性别耻辱之前，辫发作为中国男子顾影自怜的“镜像”之可能。这里不是要猜测鲁迅会不会因年老体弱而怀旧保守了起来，也不是猜测鲁迅年轻时会不会也是留有一头绢光乌黑美辫的漂亮人物，这里要猜测的是身体发肤可能的“力比多投注”有多少，这些由外而内化、由内而外显的“身体病征”有多少，就有多少小辫子隐匿缠绕其中，谜团如辫发。我们尝试在鲁迅文本中抓出的这几条小辫子，恐怕也只是中国近现代男子辫发创伤史的一个尾端，一个末节的征候而已。

阿Q小说中的小辫子随着他进了阴曹地府，鲁迅传记中的小辫子则留在东洋女人的假发里，而中国现代性中既象形又拟声、既是字义又是譬喻的，还在那里不断衍异、不断置换、不断浓缩、不断越界、不断变化的小辫子，依旧是个不解的文字谜。

# 问金庸情是何物：礼物、信物、证物

嗜读金庸者皆知，其令人入神入痴、废寝忘食之魔力，不仅在于武侠世界的奇幻诡秘，更在于个中痴儿女的情思入扣，看金庸是看侠义更看缠绵。而金庸的言情功夫，便是在刀光剑影中妩媚演练郎情妾意，让武侠与爱情成为相互提喻的虚构传奇，一般危机四伏、一样惊心动魄。

于是“问世间，情是何物、直教生死相许？”几乎就成了金庸武侠情爱世界的主题曲，其殷切探问不得其解之慨然，虽属文法上的“修辞问句”，却也勾起许多批评家的错爱与投射，旁征博引从民族文化、伦理道德到性心理、婚姻、个性等诸多面向之决定因素，正经八百地论证贪嗔痴的社会文化心理演绎。而本文则是要重新回到“情是何物”的问题之上，以一种调皮的方式歪读“情”与“物”的关系，亦即由爱情痴、妄、惑、迷的“形而上”讨论，移转到爱情礼物、信物、证物“形而下”的物质性基础，铺陈爱情唯物论与武侠恋物学的发展可能。

因而本篇的理论亦即“礼”论，既是文化人类学派从马塞尔·莫斯以降对“礼物”之讨论，也是精神分析学派自雅克·拉康以降对“爱的礼物”之延展。在此“礼”论架构下，将以金庸的《射雕英雄传》(以下简称《射雕》)与《神雕侠侣》(以下简称《神雕》)为主要分析文本，以“情是何物”为起点，引发一连串的理论质疑：“欲望客体”与“欲望物件”的差异性为何？由情人到情物在文化与心理上的转换机制又为何？而在主体与客体若即若离、不即不离的爱情关系中，什么是“非主非客”与“小客体(物件)”的差异，你侬我侬的地狱与天堂之别？而爱情的“空无”是否亦即一种“空无一物”，那记忆的物质性基础又如何与物件互动托寓？

而这一连串“情事”与“物事”的探问，将随着《射雕》与《神雕》中六个主要物件陆续推展：靖康短剑、杨家铁枪、鸳鸯锦帕、红花锦帕、翡翠小鞋、树皮儿衫。“情是何物”不再是只可意会不可言传、拈花微笑的不说之说，“情是何物”的物质性可贯穿生与死、爱与恨、历史与传奇，由兵器到绣鞋、枪法到衣衫，既是礼物、交易与社会结盟的凭证，更是爱情、恋物与武侠叙事的缘由，国仇家恨、儿女情长尽在其中。

# 靖康短剑：边界恋物与武侠叙事

《射雕》与《神雕》以两柄短剑所引发的世代恩仇贯穿全局，短剑既由武侠叙事所产生，也启动着武侠叙事之发展，为典型“物事”与“叙事”相生相灭之例证。诚如苏珊·斯图尔特所言，叙事乃“一种欲望的结构，一种既创生又区隔客体—物件的结构，因而一再铭刻意符与意旨间的裂缝，也以此为象征体系之生发所在”。此裂缝存在于意符与意旨间，亦如同存在于叙事与客体—物件间，“所谓伊人，在水一方”，所谓短剑，流离辗转。语言符号对意旨的无能捕捉，一如叙事对客体—物件的无法合一，裂缝所带来的匮缺与失落，正是以怀旧归乡启动语言叙事不断填补的动力欲念。

那此两柄启动叙事的短剑由何而来，自当回返叙事之中去寻。话说宋朝时期临安府牛家村住着一对义结金兰、八拜之交的兄弟郭啸天与杨铁心，他们因缘巧合与全真教长春子丘处机在雪夜里不打不相识而结缘，因郭妻李萍与杨妻包惜弱皆有孕在身，二人遂请丘道长为未出世的孩儿命名：

> 丘处机微一沉吟，说道："郭大哥的孩子就叫郭靖，杨二哥的孩子叫作杨康，不论男女，都可用这两个名字。"郭啸天道："好，道长的意思是叫他们不忘靖康之耻，要记得二帝被虏之辱。"
>
> 丘处机道："正是！"伸手入怀，摸出两柄短剑来，放在桌上。这对剑长短形状完全相同，都是绿皮鞘、金吞口、乌木的短柄。他拿起杨铁心的那柄匕首，在一把短剑的剑柄上刻了"郭靖"两字，在另一把短剑上刻了"杨康"两字。

而丘处机走后，郭啸天与杨铁心又将刻了名字的短剑相互调换，约定若都生男则结为兄弟，若都生女则结为姊妹，若一男一女则短剑便成指腹为婚的文定之礼。

因此丘处机的两柄"孪生"短剑在此经历了两个层次的交换过程。在第一个层次上以礼物形式由丘处机之手转移到郭、杨二人之手，既是给未出世孩子的见面礼，也是以杀敌防身的短剑订下日后传其功夫的师徒名分；在第二个层次上两柄短剑又在这对"但愿同年同月同日死"的结拜兄弟之间交换，为未出世的孩子订下兄弟、姊妹或夫妻的名分。

这种透过交换短剑以确立关系名分的方式，不禁令人想起文化人类学家莫斯在其经典之作《礼物》一书中对交换模式的探讨。莫斯指出许多前资本主义社会乃是以“礼物”与“回礼”的仪式性交换，建立赠者与受者间的盟约与联系，所谓有送有还、礼尚往来，氏族部落中人与人之间的关系于此存焉。但这种“礼物交换”模式的重要性，不仅在于标示出有别于“商品交换”模式的另一种经济与文化活动，更在于其凸显出人与物的相互铭刻与不可分离性。如莫斯所言，被交换之物件有“名姓、个性与过往”，乃拟人化的存有，见证着契约与盟誓之建立，绝非资本主义社会所标榜人与物之截然对立与二分。（这种人与物的分离对立，不仅可被置放于西方资本主义的社会脉络之下审视，更可由此牵扯出与早期资本主义同期发轫的西方殖民扩张主义。）

因此“礼物交换”强调的是“互惠性”与“结盟性”，以物串起人与人的关联，物的流通亦即社会关系的流通。以兄弟结义为例，铁木真与札木合的三次“结安答”，便皆是以礼物交换进行之：

> 铁木真和札木合是总角之交，两人结义为兄弟时，铁木真还只十一岁。蒙古结义为兄弟，称为“结安答”，“安答”即是义兄、义弟。蒙古人习俗，结安答时要互送礼物。那时札木合送给铁木真一个狍子髀石，铁木真送给札木合一个铜灌髀石。髀石是蒙古人射打兔子之物，儿童常用以抛掷玩耍。两人结义后，就在结了冰的斡难河上抛掷髀石游戏。第二年

春天，两人用小木弓射箭，札木合送给铁木真一个响箭头，那是他用两只小牛角钻了孔制成的，铁木真回赠一个柏木顶的箭头，又结拜了一次。两人长大之后，都住在王罕部中，始终相亲相爱，天天比赛早起，谁起得早，就用义父王罕的青玉杯饮酸奶。后来铁木真的妻子被掳，王罕与札木合出兵帮他夺回，铁木真与札木合互赠金带马匹，第三次结义。

铁木真之子拖雷也与郭靖在河边结安答，郭靖将母亲李萍亲手缝制的红色绣纹汗巾赠予拖雷，而拖雷则赠予郭靖他平素在颈中所戴的黄金项圈，汗巾与项圈虽为身外之物，但皆有亲情与身体的铭刻，在交换中更见证了相亲相爱、互相扶助的兄弟盟誓。

也莫怪乎铁木真与札木合日后翻脸成仇之际，必须先行送还礼物以断总角之交的名分与恩义：

铁木真心想："你既已知道此事，我跟你更是永无和好之日。"从怀内摸出一个小包，掷在札木合身前，说道："这是咱们三次结义之时你送给我的礼物，现今你收回去罢。待会你拿钢刀斩在这里。"说着伸手在自己脖子里作势一砍，说道："杀的只是敌人，不是义兄。"叹道："我是英雄，你也是英雄，蒙古草原虽大，却容不下两个英雄。"札木合拾起小包，也从怀里掏出一个革制小囊，默默无言地放在铁木真脚边，转身下山。

铁木真望着他的背影，良久不语，当下慢慢打开皮囊，倒出了幼时所玩的箭头髀石，从前两个孩子在冰上同玩的情景，一幕幕的在心头涌现。他叹了一口气，用佩刀在地下挖了一个坑，把结义的几件礼物埋在坑里。

郭靖在一旁瞧着，心头也很沉重，明白铁木真所埋葬的实是一份心中最宝贵的友情。

箭头、髀石所召唤的，自是成长记忆中同杯而饮、同被而眠的身体亲密，更胜骨肉兄弟。而退还礼物亦即“割袍断义”，由义兄义弟情分转为誓不两立的仇敌。有趣的是埋葬结义礼物的行为，既是象征意义上的埋葬记忆过往，更是一种“礼物恋物论”的除魅仪式，斩断人—物—巫的牵系。

而正如这对有着相同绿皮鞘、金吞口、乌木剑柄的短剑一般，礼物交换既可成就结拜兄弟，亦可牵成结发夫妻。短剑作为文定之礼的可能，并未因郭、杨两家皆生男孩而消失，反倒是在杨铁心死后，刻有郭靖名字的短剑以遗物之形式落入杨铁心义女穆念慈之手。此短剑不仅使穆见匕首如见义父，更不断提醒着她义父遗命将其婚配郭靖之安排。也莫怪乎黄蓉要处心积虑地“比武夺剑”：剑之为物所代表的名分与承诺，其重要性并不亚于郭靖的人与心。所幸穆念慈执意义父已在比武招亲时将其许配给杨康，而慨然将刻有郭靖之短剑赠予黄蓉。(《神雕》中另一个以剑为文定之礼赠予的退让方式，自是小龙女以淑女剑赠郭芙，以配对杨过的君子剑。）当然黄蓉在“解决”郭靖短剑之后，日后还需处理郭靖作为成吉思汗“金刀”驸马一事。

而礼物交换，也可在同一关系中由兄弟结义转为夫妻定情的盟誓。像黄蓉与郭靖在张家口初识，黄蓉打扮成衣衫褴褛、身材瘦削的少年，两人虽萍水相逢却言谈投契，郭靖便赠黄蓉黑色貂裘与汗血宝马，自是“车马轻裘与朋友共”的最佳写照。但这张家口订交的礼物，也由黄蓉的恢复女儿身而变成定情之物，尤其是汗血宝马不仅陪伴着黄蓉、郭靖日后的患难生死与共，更成为夫妻恩爱情深的表征，就连黄蓉亲自为次女郭襄缝制的襁褓之上，亦是“湖绿色的缎子，绣着一只殷红的小马”。

但更重要的是，这对短剑除了作为《射雕》《神雕》二书在叙事启动与礼物原型上的功能外，更是二书“边界恋物”的代表。此处的“边界恋物”乃援引帕特里夏·斯派尔的说法，“既非此地亦非他方，既非过去亦非未来，既非隐无亦非毋庸置疑的现存，边界恋物之概念意在凸显无法解决之摆荡，永不歇息地前后来回和标明恋物形构的文化、商业与政治之越界”。斯派尔所谈之文化历史脉络，自是西方与非洲交易互动的人—物关联，而今挪用此概念于不同文化历史脉络之中，无非是想强调“边界恋物”所能引发有关承认与否认、隐无与存有的心理机制，以及模糊边界划分与松动主客对立的僵局。

故由此角度切入，靖康短剑作为“边界恋物”而言，不仅介于大宋与金兵的边界，也介于历史与传奇的边界，寻常社会与武艺社会的边界，更是介于言志与言情的边界。一对短剑带出了曾亲赴西域见成吉思汗的长春子丘处机，以及其他六位于史有名有姓的全真道士。但一对短剑也带出了江南七怪，纯粹武侠小说虚构时空的侠客，双方相约各授其徒以竞赛。换言之，一对短剑贯穿了历史与传奇，一边是碑文、书籍中记载流传的全真七子，一边是武林一派的江南七侠，虚实之间既是历史的传奇化，也是传奇的历史化。而“靖康”的命名，更是把国仇家恨铭刻于人际关系之上，民族情感与私人情感的相互摆荡，公领域与私领域的不断越界。

由全真七子到江南七怪，由靖康之耻到郭靖、杨康，历史不再只是武侠小说的背景，武侠小说也不再只是乱世浮生的逃避，《射雕》与《神雕》二书中历史与传奇的越界摆荡，乃物质化为一对短剑，既以礼物交换方式串联结义或结发关系，更以边界恋物方式启动叙事欲望。

## 杨家铁枪：家族系谱与相思恋物

如果丘处机所赠之靖康短剑有贯穿身世、世代、恩怨情仇的恋物功能，那在《射雕》开场与短剑先后出现的另一兵器铁枪，则开展织物以遗物形式运作之面向，另一引爆父系系谱与相思恋物的辐辏点。话说郭啸天与杨铁心之为“忠义之后”，皆可由其所使兵器与枪法瞧出端倪。郭啸天乃梁山泊好汉地佑星赛仁贵郭盛的后代，使的是家传戟法，只不过变长为短、化单为双。而杨铁心的先曾祖杨再兴乃岳飞麾下名将，在小商桥力战金兵、壮烈殉国。丘处机原以为郭、杨二人乃乔扮村夫的官府鹰犬，也是靠杨铁心七十二路杨家枪法，才得以验明“忠义之后”的正身。

故而铁枪作为父系系谱验明正身的凭证，不在于铁枪本身的形貌与价值，真正的“传家宝”乃是以枪法之形式建立传承：传子不传女的杨家枪法自是验证了杨铁心乃杨家嫡传的身份。武侠小说的特色之一，乃是为武功本身建立系谱，既可是家族系谱，也可是派别系谱。而武功所建构之家族系谱与派别系谱自有其异同之处。以家族系谱而言，冠父姓乃入族谱之先决条件，而所冠之父姓又在整个承嗣传统上具有“提喻”、以部分代替全体之功能。但杨铁心之姓杨，并不足以完全说明其为名将杨再兴之后，因而杨家枪法的武功本身便具有父姓般同等的提喻功能与系谱位置。而家传武功与父姓除了在系谱提喻功能上的相同性外，却是以极为不同的方式呈现血缘关联。父姓乃血缘关联的“隐喻”，而武功则是血缘关联先化为抽象的武功路数，再肉身化为身体发肤的规训与锻炼，此肉身物质性基础乃凸显了武功上身的毗邻性，而成为血缘关联的“转喻”。

而就派别系谱而言，则是以非血缘关联所建立之纯武功承嗣传统，师徒名分乃以武功路数传承，同门师兄弟姊妹的“拟”血缘关联也以学习相同武功为认亲方式。譬如说“古墓派”之归类类同于姓氏的隐喻性（传女不传男的古墓派戒律该是父系系谱的另一反面），而小龙女、杨过在实际演练《玉女心经》的招数时，则又是另一种肉身证道（武）、道（武）成肉身式的转喻。

虽然铁枪和短剑一般具“边界恋物”之功能，也牵带出有关家族系谱与派别系谱的讨论，但铁枪在《射雕》中的惊鸿一瞥，却是开展物件作为记忆与欲望物质性基础的新面向。话说“风雪惊变”之后，杨铁心之妻包惜弱辗转成为金国六王子完颜洪烈的妻子，这由村妇到王妃的社会身份转变，也伴随着牛家村到皇宫的地理位置转变。“惊变”不仅是夫妻离散、流落异乡，更是所有分类系统、人际关系的大混乱，而包惜弱“处变不惊”的心理机制，乃是透过“地点复置、时间固置”的恋物方式，承认且否认分离、断裂与变易。她命大金国赵王府亲兵千里迢迢赶赴临安府牛家村，专程取来旧居中一切家私物品，从破凳烂椅到铁枪犁头，一件不缺。“风雪惊变”后的时空断裂，乃由“收集”即“回忆”的物质形式重新对焦，再建故乡的历史空间性。此种感官知觉的重建，既是以旧居置换皇宫，也是旧居与皇宫的叠影，同时承认与否认的恋物双重意识。

故杨铁心与包惜弱分离十八年后的重聚场景，便充满了时空易位的“诡秘”氛围，不是恍若隔世，而是好似一切凝止未曾变动、未曾发生：

> 杨铁心在室中四下打量，见到桌凳橱床，竟然无一物不是旧识，心中一阵难过，眼眶一红，忍不住要掉下眼泪来，伸袖子在眼上抹了抹，走到墙旁，取下壁上挂着的一根生满了锈的铁枪，拿近看时，只见近枪尖六寸处赫然刻着“铁心杨氏”四字。他轻轻抚挲枪杆，叹道：“铁枪生锈了。这枪好久没用啦。”王妃温言道：“请您别动这枪。”杨铁心道：“为什么？”
>
> 王妃道：“这是我最宝贵的东西。”
>
> 杨铁心涩然道：“是吗？”顿了一顿，又道：“铁枪本有一对，现下只剩下一根了。”王妃道：“什么？”杨铁心不答，

把铁枪挂回墙头，向枪旁的一张破犁注视片刻，说道："犁头损啦，明儿叫东村张木儿加一斤半铁，打一打。"

王妃听了这话，全身颤动，半晌说不出话来，凝目瞧着杨铁心，道："你……你说什么？"杨铁心缓缓地道："我说犁头损啦，明儿叫东村的张木儿加一斤半铁，打一打。"

王妃双脚酸软无力，跌在椅上，颤声道："你……你是谁？你怎么……怎么知道我丈夫去世那一夜……那一夜所说的话？"

物是旧物、人是旧识，一切时间记忆凝止在生离死别前一夜的家常对话，犁损依旧未打，但刻着"铁心杨氏"的铁枪却已生锈，时间终究侵入了这凝止的时空，一如杨铁心一身的风霜侵磨。包惜弱舍王府画栋雕梁的楼阁，却恋物许多破烂老旧的桌凳橱床，而旧物竟也真召回魂萦梦牵的旧人，垂泪话当年。

但铁枪之为相思恋物—遗物的感官物质性，却在《射雕》中有更进一步的发挥。此次乃是透过丘处机之眼所呈现包惜弱与铁枪的互动关系。

贫道晚上夜探王府，要瞧瞧赵王万里迢迢地搬运这些破烂物事，到底是何用意。一探之后，不禁又是气愤，又是难受，原来杨兄弟的妻子包氏已贵为王妃。贫道大怒之下，本待将她一剑杀却，却见她居于砖房小屋之中，抚摸杨兄弟铁枪，终夜哀哭；心想她倒也不忘故夫，并非全无情义，这才饶了她性命。

包惜弱之所以逃过死劫，乃由其深情所致，不爱才识博洽、吐属俊雅的金国王子完颜洪烈，却朝思暮想粗豪“先”夫杨铁心，“抚摸杨兄弟铁枪，终夜哀哭”。这“抚摸”旧人旧物的动作，却在包惜弱殉夫自尽后，也同样出现在完颜洪烈身上。而这一次则是透过黄蓉之眼所呈现完颜洪烈在包惜弱故居忆故人的场景：

黄蓉见光亮从小孔中透进来，凑眼去看，只见一只飞蛾绕烛飞舞，猛地向火扑去，翅儿当即烧焦，跌在桌上。完颜洪烈拿起飞蛾，不禁黯然，心想：“若是我那包氏夫人在此，定会好好地给你医治。”从怀里取出一把小银刀、一个小药瓶，拿在手里抚摸把玩。

银刀与药瓶乃包惜弱之物事，更是十九年前二人初识结缘，包惜弱救治完颜洪烈所用之物。包惜弱“抚摸”铁枪，完颜洪烈“抚摸”银刀药瓶，这人与物的亲密肌肤碰触，对比于丘处机与黄蓉的远观视觉位置，既标示出远 / 近、视觉 / 触觉之差异，更凸显相思恋物—遗物在意象与“再现”之外的物质性基础，触手可及、抚摸把玩的感官知觉形式。

正如马克思视恋物为“感官欲望的宗教”，人类情感乃为感官与物件间的物质性辩证：官能感应力让人受苦受难，亦即受制于他者他物。而物质性与真实、记忆、欲望的相互穿透，也正是亨利·柏格森在《物质与记忆》中所欲探究之核心，记忆若是“心灵与物质的交点”，那所谓“物质”便是介于物与再现间的意象积累。或用朱迪斯·巴特勒的话说，英文 matter 既指“物质”也指“表意”，既可是真实的幻象式建构，也可是幻象的物质性基础。

一把铁枪的物质性与表意性，从提喻式、隐喻式、到转喻式的家族武功系谱，从相思恋物遗物的睹物思人、抚摸把玩，最后尽皆集结于杨康不住抚摸生父杨铁心遗物时的踌躇，而这一次依旧是透过黄蓉之眼所呈现之场景：

> 只见他手中拿着一条黑黝黝之物，不住抚摸，来回走动，眼望屋顶，似是满腹心事，等他走近烛火时，黄蓉看得清楚，他手中握着的却是一截铁枪的枪头，枪尖已起铁锈，枪头下连着尺来长的折断枪杠。

黄蓉看见锦袍金冠的小王爷完颜康手握杨铁心的断枪头，只道是与穆念慈有关，将此睹物思亲误读为“抚摸枪头相思”。而真正困扰小王爷心中的却是“完颜康”与“杨康”的身份摆荡，一是认贼作父却有享不尽的荣华富贵，一是认祖归宗当立报父母及家国之血海深仇。铁枪的枪法未能成为其武功的派别系谱，但铁枪上刻的杨氏却强制其归属家族系谱，更何况铁枪上还沾着其生父生母之鲜血。而终究未能认祖归宗的杨康，日后也因用铁枪头杀死欧阳克而贾祸，更惨死于铁枪庙，这一切冥冥中似有命定。

# 鸳鸯锦帕：爱情信物与复仇证物

前二节对短剑与铁枪的讨论，已由礼物订盟扩展到遗物诏命的面向，虽能凸显武侠小说中兵器的恋物化，但对“情之为物”的爱情恋物学却有未逮之处。故以下的讨论，将由杀伐争斗的兵器，转到小阁梳妆的爱情信物，手帕、绣鞋之流的私密与亲昵，探一探由情人到情物的辗转流离，摧心相思的未老先白首。

贯穿《射雕》与《神雕》爱情私密信物的头筹，自非鸳鸯锦帕莫属。话说当年全真派掌门王重阳赴大理国与段皇爷切磋武学，师弟周伯通却与刘贵妃在后宫研习点穴功夫，因肌肤相亲、日久生情而闯下大祸。东窗事发后，王真人将周伯通捆缚段皇爷跟前请罪，但段皇爷却以学武之人义气为重，女色为轻，而愿将刘贵妃“割爱相赠”，然周伯通却决计不从。此段往事在日后皈依佛门的一灯大师段皇爷心中，依然历历在目：

一灯大师却并不在意，继续讲述："周师兄听了这话，只是摇头。我心中更怒，说道：'你若爱她，何以坚执不要？倘若并不爱她，又何以做出这等事来？我大理国虽是小邦，难道容得你如此上门欺辱？'周师兄呆了半晌不语，突然双膝跪地，向着我磕了几个响头，说道：'段皇爷，是我的不是，你要杀我，也是该的，我不敢还手。'我万料不到他竟会如此，一时无言可对，只道：'我怎会杀你？'他道：'那么我走啦！'从怀中抽出一块锦帕，递给刘贵妃道：'还你。'刘贵妃惨然一笑，却不接过。周师兄松了手，那锦帕就落在我的足边。周师兄更不打话，扬长出宫，一别十余年，此后就没再听到他的音讯。"

在这个兄弟之义大于男女之情的场景中，我们看到的不仅是周伯通退还锦帕的"绝情"，更是男性同盟下"兄弟如手足，妻子如衣服"的"绝情"。刘贵妃不仅要伤心一片痴心托寄的锦帕被情郎遗弃在地，更要痛心自己如礼物一般在皇夫与情郎间推送拒受，割爱相赠，若《水浒》必须"杀女人"以成兄弟之邦，那《射雕》此情此景莫不是要以"赠女人"以全兄弟之义。

而更反讽的是，周伯通逃之夭夭后，刘贵妃一时失魂落魄、呆立一旁，落在段皇爷足边的锦帕便自然被段皇爷拾起，瞧见帕上织就的鸳鸯戏水图与"鸳鸯织就欲双飞。可怜未老头先白。春波碧草，晓寒深处，相对浴红衣"的题词。刘贵妃与周伯通的定情之物，此时透过第三者的眼与手呈现，而这第三者也正是这桩三角恋爱关系中的一方，这种集妒忌、悔恨、缱绻深情于一物的当下此刻，正是情何以堪的戏剧化高潮所在。

这件情物的图文并茂，皆是以鸳鸯喻爱侣，姑且不论“春波碧草，晓寒深处，相对浴红衣”可能引起被翻红浪的私密性意涵，也暂时不管“可怜未老头先白”在日后刘贵妃身上的一语成谶，题词中最饶富深趣的，莫过于“鸳鸯织就欲双飞”一句。此句之所以具体而微所有爱情信物之精要，不在于鸳鸯的传统譬喻或双宿双飞的祈愿向往，而在于此句动词形态上的幽微婉转，在前一个动作“织就”与下一个动作“欲双飞”之间的凝止，过去式与未来式之间的“化刹那为永恒”。爱情的恋物亦如恋尸，情物的木乃伊化，乃是将天雷勾动地火的刹那加以凝止，以便托寓于诗画之中变为永恒。所谓“生死相许”未必要刎颈为红颜或殉情赴黄泉，而是爱情恋物的本身亦即一种死亡形式，凝止即天长地久。故而“欲双飞”的唯美，不在于飞不成或天涯单飞，也不在于欲之不得而辗转反侧，而是被绣“死”在锦帕上的一对鸳鸯，自是可以天长地久、天荒地老地“欲”双飞。

鸳鸯锦帕图文上的恋物凝止，不也正带出了锦帕作为“爱的礼物”的交换与流通方式吗？依拉康的精神分析而言，爱即一种礼物，以“理想化”与“升华”之方式增累所爱之人的价值，所爱之人遂由一般血肉之躯幻化为理想原型，成为“不可能的欲望非客体”，能成功抹去主体所有对存在空无、匮缺与失落的恐惧认知，仿佛回返母体剥离、主体砍头之前想象期的丰美圆满。

故鸳鸯锦帕之为“爱的礼物”可有两个层次的思考。就第一个层次而言，锦帕是刘贵妃身与心的转喻，皆送给了被理想化的爱人周伯通。就第二个层次而言，刘贵妃的欲望“客体”周伯通与欲望“物件”锦帕间有更为繁复的置换取代关系：爱情你侬我侬的想象期圆满幻象，否认了匮缺与失落，但当欲望客体消失或分离时，欲望物件遂以恋物形式取而代之，继续否认匮缺与失落，更否认消失与分离。刘贵妃亲手缝制与题词的鸳鸯锦帕，原是渴望爱人周伯通贴身携带、寸步不离（否认距离与匮缺），而爱人消失后，锦帕物归原主刘贵妃，成为曾经沧海的凭证与誓言，迷离扑朔记忆中不可怀疑的物质性真实。

而《射雕》《神雕》中的锦帕传奇更在爱情铭刻下加添了丧子之痛。周伯通走后，刘贵妃十月怀胎产下一子，一日该子却被蒙面刺客震断经脉。段皇爷本想出手医治，却又踌躇再三，深恐在华山二次论剑之前大耗元气，错失独魁群雄的良机。但在刘贵妃苦苦哀求下，遂又起恻隐之心，正如一灯缓缓追忆道：

> 她见我答应治伤，喜得晕了过去。我先给她推宫过血，救醒了她，然后解开孩子的襁褓，以便用先天功给他推拿，哪知襁褓一解开，露出了孩子胸口的肚兜，登时教我呆在当地，做声不得。但见肚兜上织着一对鸳鸯，旁边绣着那首《四张机》的词，原来这个肚兜，正是用当年周师兄还给她那

块锦帕做的。

定情之物的锦帕，现在成了定情之产物婴儿的襁褓，自是情深缠绵的一番心意，但看在段皇爷眼中，那绣着一对头颈偎倚着头颈的鸳鸯的锦帕，却是私情与私生子的罪证，难以宽恕。刘贵妃便在瞬时急白了头发，绝望之余举起匕首插在孩子心窝解其痛苦，并毒誓日后要将同一匕首戳在段皇爷的心口。

果然十几年后，已改称瑛姑的刘贵妃前来寻仇，送给一灯大师的见面礼之一，便是这锦帕做成的婴儿肚兜："锦缎色已变黄，上面织着的那对鸳鸯却灿然如新。两只鸳鸯之间穿了一个刀孔，孔旁是一摊已变成黑色的血迹。"变黄的锦缎象征岁月的流逝，而灿然的鸳鸯却是凝止不老的爱情期愿。但此爱情信物也同时成为复仇证物，鸳鸯之间的刀孔与血迹，见证的是段皇爷因妒绝情、逼刘贵妃手刃亲子的人伦惨剧，这爱与恨的记忆皆化为一方锦帕肚兜，耳提面命。十几年来刘贵妃念兹在兹的锦帕，既是爱的相思恋物，对距离与亲密、分离与重聚的双重意识，迷离交错，也是恨的偏执意念，贯彻始终。锦帕遂以其鸳鸯图文与刀孔血迹的物质性基础表意，顶住遗忘。

但我们不要忘记，瑛姑在锦帕肚兜之前送上山去的物事尚有一桩，虽不及锦帕如此戏剧化地交织爱恨情仇，却一样是件会说话，会表意，有"名姓、个性与过往"的爱情信物—— 一只女子戴的玉镯，羊脂白玉的圆环，乃是当年刘贵妃入宫之时，段皇爷所赠的定情之物。瑛姑此番送上山来，自是斩断情缘、由夫妻变仇敌的告知，但接到玉环的一灯大师，却因物思情更觉惘然。虽一灯已然是斩断红尘的得道高僧，但依旧下意识地“竖起左手食指，将玉环套在指上，转了几圈”。这不经意的小动作，可以读成“物事”与“叙事”的启动方式，也可以有另一番潜意识阅读的寻幽访胜。这里倒不是要以性意象对号入座，而是一阳指上的羊脂白玉，无法不让人在刚柔阴阳间穿凿“百炼钢化为绕指柔”的深情想象，这种“抚摸把玩”的感官知觉形式是记忆的肉身，也是以物相传的欲望。但不论动情或入定，瑛姑——一灯—老顽童的三角爱恋关系却在《神雕》书末有着最温柔的结局。不是破痴化孽，也非无忧无怖，而是经过八十年的爱情长跑，三人已是也无风雨也无晴的近百之人，遂能返老还童，三小无猜，同在百花谷中隐居，养蜂种菜，莳花灌田，真真个白首偕老。

# 红花锦帕：外纳式与内涵式情爱的两极交锋

如果说一方鸳鸯锦帕道尽了瑛姑、一灯与老顽童间的爱恨牵缠，那另一方红花锦帕则是另一个三角关系的情海生变。一织白首鸳鸯同栖共眠，一绣红花绿叶相偎相依，皆是情人间从缝制、赠予到携带上的肌肤相亲、欲语还休，但“风月无情人暗换，旧游如梦空断肠”，锦帕的由爱转恨，却交杂了当年不堪回首的凄厉怨毒。

《神雕》中赤练仙子李莫愁钟情于少侠陆展元，在陆娶何沅君的婚礼上扬言日后定来寻仇。十六年后陆展元虽已病死而何沅君亦自刎殉夫，李莫愁仍执意灭门陆家庄以泄恨。是夜万籁俱寂，忽闻李莫愁歌声轻柔唱道：“问世间，情是何物，直教生死相许？”但她在杀陆展元之弟陆立鼎之前，竟然踌躇再三，无法下手：

> 李莫愁眼见陆立鼎武功平平，但出刀踢腿、转身劈掌的

架子，宛然便是当年意中人陆展元的模样，心中酸楚，却盼多看得一刻是一刻，若是举手间杀了他，在这世上便再也看不到"江南陆家刀法"了，当下随手挥架，让这三名敌手在身边团团而转，心中情意缠绵，出招也就不如何凌厉。

武功高强、行事毒辣的女魔头李莫愁，此时不是杀人不眨眼，而是看着"江南陆家刀法"不眨眼，心旌摇荡地观刀法忆故人。而真正让李莫愁顾念旧情、刀下留人的，则是陆展元死前交与其弟，而其弟死前交与甥女程英，后被武三娘撕成两半，分另半给陆展元女儿陆无双的一方锦帕："手帕是白缎的质地，四角上都绣着一朵红花。花红欲滴，每朵花旁都衬着一张翠绿色的叶子，白缎子已旧得发黄，花叶却兀自娇艳可爱，便如真花真叶一般。"

这块红花绿叶锦帕正是当年李莫愁精心绣就、赠予意中人陆展元的定情之物，李莫愁以大理国最著名的红色曼陀罗花自喻，以"绿""陆"同音将绿叶比陆郎，自是与刘贵妃锦帕上的鸳鸯浴水图与《四张机》题词有异曲同工的相依相偎之妙。但同一块锦帕在召唤李莫愁昔日浓情蜜意时，也同时提醒刺激着她情变被弃的不堪下场。过去许多批评家在论及李莫愁因情所苦而杀人无数时，总惯以一句"情生痴、痴生妄、妄生怨、怨生毒"一言以蔽之，但若要深究李莫愁究竟"伤"在何处而所以日后要不断伤人，那就不得不回到移情别恋的创伤现场："心中一动，少女时种种温馨旖旎的风光突然涌向胸头，但随即想起，自己本可与意中人一生厮守，哪知这世上另外有个何沅君在，竟令自己丢尽脸面，一世孤单凄凉，想到此处，心中一瞬间涌现的柔情蜜意，登时尽化为无穷怨毒。”

对李莫愁而言，情之伤人正在于“丢尽脸面”，由自恋的受创到顾影自怜的凄凉。小说中不断描呈李莫愁为出色美人，“美目流盼、桃腮带晕”，“明眸皓齿、肤色白腻”。而失恋则像是“丢尽脸面”的毁容，将一切华美锦绣破坏殆尽。如果“外纳”式的爱恋关系，是将自己如红花锦帕般“交”出去，无怨无悔；那自恋“内涵”式的爱恋关系，则是与红花锦帕间形成一种海市蜃楼般的映镜关系，锦帕如魔镜，沉醉爱河时便是情人眼中、魔镜之前的旷世美女，而情断缘绝后则镜裂人毁、怨毒一世。

故红花锦帕的精神分裂，正在于既让李莫愁瞧见美丽多情的自己，也惊瞥残毁被弃的自己，“红花绿叶”召唤的既是理想化的爱情“小客体（物件）”，也是因“被弃”而强遭排除的“非主非客”。故而红花绿叶锦帕一时保住了程英与陆无双的性命，却未必能在日后再让李莫愁手下留情。

> 杨过又从怀中取出两片半边锦帕，铺在床头几上，道：“这帕子请你一并取了去罢！”李莫愁脸色大变，拂尘一挥，将两块帕子卷了过去，怔怔地拿在手中，一时间思潮起伏，心神不定。程英和陆无双互视一眼，都是脸上晕红，料不到对方竟将帕子给了杨过，而他却当面取了出来。

> 这几下你望我、我望你，心事脉脉，眼波盈盈，茅屋中本来一团肃杀之气，霎时间尽化为浓情蜜意。程英琴中那“桃夭”之曲更是弹得缠绵欢悦。
>
> 突然之间，李莫愁将两片锦帕扯四截，说道：“往事已矣，夫复何言？”双手一阵急扯，往空抛出，锦帕碎片有如梨花乱落。

此时两个半块锦帕已被重新铭刻，程英与陆无双各自在不让对方知晓的情况下“赠帕”给杨过，自是对其情深一片，宁可已亡也要杨郎平安无恙。原李莫愁赠陆展元的定情之物，现倒成了一对表姊妹不约而同芳心托属的信物。但如今这“小客体（物件）”与“非主非客”的精神分裂，使得心神不定的李莫愁终将锦帕扯为碎片，往事的烟消云散莫非真在于爱情信物的尸骨无存？

但如果如前所述“鸳鸯织就欲双飞”与“红花欲滴”皆是恋物如恋尸般的爱情凝止，那有尸骨无存的爱情信物，是否也有尸骨无存的爱人遗骸呢？在《神雕》开场和李莫愁一般前来陆家庄寻仇的，尚有昔日大理国将军，一灯大师门下渔樵耕读的农夫武三通，他在得知义女阿沅已入土为安的消息后，竟挖坟盗尸，其目的并非毁尸泄愤，而是痴情地要再见义女一面。如此恐怖骇人之举止，或可用其早已失心发疯一语带过，但“恋尸”的疯狂行径，却因武三通颈上所挂之围饰而再次展现恋物即恋尸的连带：

那人满头乱发，胡须也是蓬蓬松松如刺猬一般，须发油光乌黑，照说年纪不大，可是满脸皱纹深陷，却似七八十岁老翁，身穿蓝布直缀，颈中挂着婴儿所用的锦缎围涎，围涎上绣着幅花猫扑蝶图，已然陈旧破烂。

锦缎围涎是义女阿沅小时的用品，而今被武三通爱屋及乌地戴在身上，在乱伦禁忌的运作下，武三通所恋之物不是亭亭玉立、娇美可爱之何沅君的衣裳饰品，反倒是回返孩童时期可搂可抱、天真无邪的父女亲情想象。锦缎围涎之上不仅有花猫扑蝶图，更有阿沅的口涎鼻涕，而今自是加杂着武三通之涕泪与涎液。此恋物之疯狂大抵也不下于挖坟盗尸的疯狂，一是执意她未死，一是执意她未长大，死的人与死的物尽皆神灵活现在武三通的身上、心里。

当然另一个能与此处同等惊怖骇人的恋尸恋物，大概要算铁尸梅超风的人皮九阴真经了。当郭靖幼时以短剑无意中刺中铜尸陈玄风的肚脐罩门后，眼已瞎的铁尸梅超风原本怕师兄阴间冷清而欲殉情，却因摸到短剑上的“杨康”二字而欲先报此仇。然黑风双煞原本为桃花岛黄药师门下的同门师兄妹，却因互通款曲，在窃得师父的《九阴真经》下半部后亡命天涯。然陈玄风虽与梅超风有夫妻之亲，却决意不肯出示真经原本，怕她贪多务得、走火入魔，故皆是自己参悟习练之后，再行转授妻子。故在陈玄风猝死之后，报仇心切的梅超风自是努力在丈夫遗体之上找寻真经：

我仔细地摸索，原来他胸口用针刺着细字和图形，原来这就是《九阴真经》的秘要。“你怕宝经被人盗去，于是刺在身上，将原经烧毁了！”是啊，像师父这般大的本事，真经也会给咱们偷来，谁又保得定没人来偷咱们的呢？你这主意是“人在经在，人亡经亡”。我用匕首把你胸口的皮肉割下来，嗯，我要把这块皮好好硝制了，别让它腐烂，我永远带在身边，你就永远陪着我。

硝制的人皮既是《九阴真经》的武学秘要，也是情郎永不腐烂的身体部分，黑风双煞虽心狠手辣、恶事做绝，平日也粗鲁互唤“贼汉子、臭婆娘”，但一句平铺直叙的“我永远带在身边，你就永远陪着我”，却道尽所有恋物者的痴狂，毛骨悚然中好一个“人在情在，人亡情未亡”的生死相许。《九阴真经》是武功恋物学的至宝，而人皮则是水里来、火里去、生相随、死相依的爱人部分遗体，《射雕》作为一部情意缠绵的武侠小说而言，人皮《九阴真经》这种尸中之尸、宝中之宝，该是爱情恋物与武学恋物中令人拍案称奇、叹为观止的结合。

# 翡翠小鞋：偷心与窃物

前两节以两方锦帕做爱情信物的细节阅读，而此节爱情私密信物的焦点，则将转到与身体更为贴密的绣鞋。锦帕为爱人而缝制，以图与词托寓丝萝，而绣鞋则更像锦缎围涎，多了身体的分泌、排泄与气味，且更较围涎具有性意涵上的想象空间。而本节之讨论便要以绣鞋为出发，探究偷心与窃物在礼物层次上的巧妙转合，丢了心的人失魂落魄，掉了物的人仓皇失措，一只绣鞋便贯穿了比武招亲的热闹与杀人灭口的凶残，既是嫁女的礼物也是嫁祸的证物。

化名为穆易的杨铁心，带着义女穆念慈四处比武招亲，只道小女及笄、未许婆家，不图富贵，只望是个武艺超群的好汉，凡能胜得穆念慈一拳一脚者，即许其婚配。而小王爷完颜康驰马而过，与生父见面不相识，却因一时轻浮贪玩而下场比试。先是一时大意，被穆念慈扯下半截锦袍长袖，后用掌抓钩穆念慈手腕，抱在怀里轻薄：

> 那少女急了，飞脚向他太阳穴踢去，要叫他不能不放开了手。那公子右臂松脱，举手一挡，反腕钩出，又已拿住了她踢过来的右脚。他这擒拿功夫竟是得心应手，擒腕得腕，拿足得足。那少女更急，奋力抽足，脚上那只绣着红花的绣鞋竟然离足而去，但总算挣脱了他的怀抱，坐在地下，含羞低头，摸着白布的袜子。那公子嘻嘻而笑，把绣鞋放在鼻边作势一闻。

但只见完颜康披上锦袍，将绣鞋放入怀中就要离去，既拒穆易的许婚，也拒归还绣鞋，对他而言此“彩头”不能不留，其轻薄放肆的行径，就连站在一旁观战的郭靖也不免催其还鞋，而和完颜康缠斗了起来。

但不论这场比武招亲是如何由喜事一桩变得血溅当场，但绣鞋定情却是穆念慈与杨康一段孽缘的开启。在众目睽睽的擂台之上，一对璧人比试拳脚，“只见那公子满场游走，身上锦袍灿然生光；那少女进退趋避，红衫绛裙，似乎化作了一团红云”。而有趣的是比武之中无意夺自对方身上的物事（一截断袖与一只绣鞋），却成为日后相思恋物的爱情凭证。而红花绣鞋自是比红花锦帕、鸳鸯锦帕有更丰富的文化与性意涵。鞋同音于“谐”与“偕”，故婚俗纳彩上多用鞋与铜镜当吉祥物，取其“同偕到老”之意，而同时鞋也一直是弗洛伊德在谈论“性恋物”上重要的转喻式替代。（有关“性恋物”讨论，可参阅拙著《欲望新地图》。）

但这场比武招亲所凸显的性别交易，却不是只有被杨康强行取走的“彩头”绣鞋而已，比武招亲的真正彩头当然是穆念慈的身体，赢了她才能赢得她。如此的思考方式，自然让我们把绣鞋作为杨康、穆念慈二人之间“定情”礼物的阅读，扩展为穆念慈作为穆易与完颜康之间“定亲”（定下翁婿关系）礼物的阅读。（虽然杨铁心与杨康本就为生身父子不需另行“定亲”，也虽然因完颜康擂台轻浮而令穆易不耻。）前面我们已由莫斯的“礼”论，谈及各种经由交换礼物而建立之人际关系与情感连带，而莫斯之后将其“礼”论发扬光大的第一人，自非列维-斯特劳斯莫属，他的《亲属关系的基本结构》便是将莫斯原有的物品交换加入性别的面向，点拨出不同男性氏族间关系之建立，乃是以交换女人行之。

换言之，穆易比武招亲为的不是义女的终身幸福，穆易比武招亲的真正目的是为寻访故友郭啸天之子或其他能人异士助其雪耻复仇，而义女之为彩头礼物，正在于建立两个男人之间的关系名分。我们看见的不仅是白底红花锦旗上绣着“比武招亲”的四大金字，我们也看见了“锦旗左侧地下插着一杆铁枪，右侧插着两枝镔铁短戟”。只是被交换之礼物自己有了主见，不仅将义父遗物（刻着郭靖名姓的短剑）送给了黄蓉，更千里寻郎，夜夜在杨康窗外瞧着影子出神。

穆念慈的情窦初开，一片春心尽留在相思恋物上缠绵，这番自言自语、失魂落魄，看在黄蓉眼中也不禁大大称奇：

只听得房中微微风响，她眼睁一线，却见穆念慈在炕前回旋来去，虚拟出招，绣帕却已套在臂上，原来是半截撕下来的衣袖。她斗然而悟："那日她与小王爷比武，这是从他锦袍上扯下来的。"但见穆念慈嘴角边带着微笑，想是在回思当日的情景，时而轻轻踢出一脚，隔了片刻又打出一拳，有时又眉毛上扬、衣袖轻拂，俨然是完颜康那副又轻薄又傲慢的神气。她这般陶醉了好一阵子，走向炕边。

绣帕如衣袖，自是回返当日擂台现场，只是此时穆念慈一人分饰二角，既是轻薄挑衅的少年，也是含羞低头的少女。周伯通"分心二用，左右互搏"的心法，在这里倒成了"分身二用，左右互薄（轻薄）"，套上情人的衣袖变成情人，再与自己拳脚缠绵，衣袖恋物成了相思剧场的道具，栩栩搬演。

而那厢的杨康也因穆念慈款款深情而动心，而动了心的杨康竟也如穆念慈一般颠倒，而与爱人物事"恋人絮语"了起来：

完颜康目送她越墙而出，怔怔出神，但见风拂树梢，数星在天，回进房来，铁枪上泪水未干，枕衾间温香犹在，回想适才之事，真似一梦。只见被上遗有几茎秀发，是她先前挣扎时落下来的，完颜康捡了起来，放入了荷包。

与穆念慈的一番温存，让杨康心魂俱醉，铁枪已不是认祖归宗／背祖忘宗的遗物挣扎，而是沾有爱人泪水的物事，与留有爱人温香的枕衾并置。而放入荷包中的爱人秀发，则又是一则性恋物的佳话。（有关头发恋物的讨论，可参阅拙著《欲望新地图》。）相思的勾魂摄魄，将爱人身上的物事迷魅化，既见物如见人，也触物如触人。像后来杨康被困，嘱穆念慈将其腰带刻上"完颜康有难，在太湖西畔归云庄"去求援，大难当前之际，穆念慈却依然"抚摸腰带"而神驰：

> 想在不久之前，这金带还是围在那人腰间，只盼他平安无恙，又再将金带围到身上；更盼他深明大义，自己得与他缔结鸳盟，亲手将这带子给他系上。痴痴地想了一会，将腰带系在自己衣衫之内，忍不住心中一荡："这条带子，便如是他手臂抱着我的腰一般。"霎时间红晕满脸，再也不敢多想。

套上爱人的衣袖一如系上爱人的腰带，既是爱恋憧憬也是身体感应，爱恋幻象的物质基础与物件之上的爱恋幻象，总是这般卿卿我我、难舍难离。

但不论是绣鞋、衣袖、秀发或腰带，皆无力反转穆念慈与杨康的坎坷情路，而他们因绣鞋招亲结缘而特意雕制的一对玉鞋，在日后一场故布疑阵、杀人嫁祸的场景中，成为侦破悬案的关键线索。欧阳锋与杨康计杀江南五怪，将其尸弃在黄药师亡妻之墓中，布置成五怪盗墓宝未果而遭东邪击毙的场面，使得郭靖与黄药师反目成仇，黄蓉左右为难。而此天衣无缝栽赃手法的破案线索，却是妙手书生朱聪死时紧紧握在手中的一只翡翠小鞋，正面鞋底有“比”字，反面有“招”字。好在黄蓉聪颖慧黠，总算从其中猜出此乃杨康与穆念慈私定终身的定情之物而破案。

玉鞋的香艳典故、浪漫传奇，杨康与穆念慈各执“比”“招”与“武”“亲”的一只，以成双成对。但怎知朱聪在临死之前施展妙手，从凶手杨康怀中取得此物。朱聪此举当是要以翡翠小鞋为证物线索，盼沉冤大白，但也牵扯出另一种偷窃与礼物之间微妙的关联。《射雕》开场便有跛子曲三在雪地上击杀朝廷命官，只因他往皇宫大内盗取金器玉器与卷轴，却又正气凛然地说道：“这些物事，是我去临安皇宫中盗来的。皇帝害苦了百姓，拿他一些从百姓身上搜刮来的金银，算不得是贼赃。”但如果这些金银算不得是贼赃，那日后的叙事也告诉我们曲三亦非侠盗，郭靖与黄蓉误闯傻姑家中密室疗伤，才惊见各式价值连城的珠玉珍宝、青铜器与书画卷轴，而曲三即其师兄曲灵风，其不惜为“搜集”珍玩而葬命，只因师父黄药师好此道而意求其欢心与原谅。

曲三堆满异宝珍品的密室令人不禁想起另一个圹室："圹室之中壁间案头尽是古物珍玩、名画书法，没一件不是价值连城的精品。黄药师当年纵横湖海，不论是皇宫内院、巨宦富室，还是大盗山寨之中，只要有什么奇珍异宝，他不是明抢硬索，就是暗偷潜盗，必当取到手中方罢。"黄药师这番将明珠美玉、翡翠玛瑙尽皆供在亡妻的圹室之中，自是情深义重的表现，但这由师到徒皆一般以"搜集""搜罗"名义行之的窃盗行为，与丧身圹室之中、素以偷窃见长的妙手书生又有何差别？

这些明偷暗盗若从精神分析的角度视之便颇有端倪，"所谓的偷窃癖，常可回溯到孩童因缺乏爱的证明而觉受伤或无人重视的事实……偷窃癖为失去的快乐找到替代的快乐，而同时是对造成此种所谓不公不义之人的报复。精神分析显示在我们这些病人的潜意识中存在着相同的冲动，强行将未收到的'礼物'据为己有"。（参见阿德拉·平奇，《偷窃的快乐：十九世纪早期英格兰的入店偷窃》。）这里并非要以精神分析为黄药师、曲灵风、朱聪等人对症下药，反倒是要回到先前莫斯"礼"论的架构开开玩笑。正如玛丽·道格拉斯为莫斯《礼物》一书所添之前言《无免费之礼物》，那密室与圹室之中"盗窃"而来的礼物，该是唯一有借无还，既不建立互惠与结盟关系，也不需礼尚往来的"纯"礼物了。（那洪七公在御膳房中的大快朵颐，难不成也是"天底下没有白吃的午餐"之反证？）而更有趣的是，妙手书生这不请自取杨康怀中的礼物，不也正是杨、穆定情的信物，不正也成黄蓉神算破案的证物吗？翡翠小鞋由礼物、信物到证物的身份转换，既是爱情也是栽赃，更是凶杀的痕迹，竟带出偷心与窃物在恋物学上难分轩轾的暧昧。

# 树皮儿衫：绝情古墓与衣衫记忆

在英文里有个对记忆的物质性基础最佳之语言表达：memories。既指“记忆”，也指衣衫之上手肘膝盖所造成的“折痕”。在历数过各种结拜、定情的物事之后，让我们回到“神雕侠侣”本身，看一看杨过与小龙女之间情爱记忆的衣衫折痕。

杨过与小龙女聚散依依，身虽离、心常系，终南山下活死人墓一别后，杨过便是带着一身由姑姑传授的武艺与一身由姑姑缝制的衣衫闯荡江湖。然衣久必旧，看在暗恋杨过的程英眼里，自是心怜不舍，遂熬夜缝制一件针脚绵密的青布长袍给杨过换上。而一直要到李莫愁的道袍被老铁匠冯默风的铁锤拐烧得衣不蔽体而杨过慨然赠袍之时，衣衫作为情爱专一投注的秘密才被揭晓。

> 程英见杨过将自己所缝的袍子送给李莫愁，当时情势紧

迫，那也罢了，但他新袍底下仍是穿着那件破破烂烂的旧袍子，显见这袍子因是小龙女所缝，他亲疏有别，决不忘旧。程英心中微微一酸，装作浑不在意。

尔后小龙女与杨过重逢绝情谷，杨过的旧袍子又被樊一翁抓出个大破洞，小龙女也就在众目睽睽之下、杀机四伏之中，从怀中取出针线包，拿小剪刀在自己衣角上剪下一块白布替杨过缝补，“当二人同在古墓之时，杨过衣服破了，小龙女就这么将他拉在身边，替他缝补，这些年来也不知有过多少次”。

而这件破破烂烂、补了又补的袍子，居然在杨过与公孙绿萼被公孙止打下鳄鱼潭时，又先后为公孙绿萼与裘千尺遮身蔽体，直到裘千尺逼婚未果，杨过与小龙女携手离去之际，才由公孙绿萼双手捧来归还：

杨过心想留在这里徒然多费唇舌，手指在剑刃上一弹，和着剑刃振起的嗡嗡之声，朗声吟道：“茕茕白兔，东走西顾。衣不如新，人不如故。”挽起一个剑花，携着小龙女的手转身便走。

绿萼听着“衣不如新，人不如故”那两句话，更是伤心欲绝，取过更换下来的杨过那件破衫，双手捧着走到他面前，悄然道：“杨大哥，衣服也还是旧的好。”杨过道：“谢谢你。”伸手接过。

“衣不如新，人不如故”，然故人所赠之衣，就是破烂褴褛也要真心爱惜：“兄弟如手足，妻子如衣服。”杨过这件由妻子缝制的衣服，却是千金不换、比自己手足尚珍贵的身体物质记忆。

然而这个会破损污旧的衣衫记忆，却在另一个时空以另一种转换的形式借尸还魂。十六年后杨过再临绝情谷旧地，苦候多日、焦心如焚，仍未见小龙女现身，遂心伤肠断地纵身跃入深谷之中。但哪知谷底有深潭，潭边大树排列着数十个蜂巢，而树皮也曾为人所剥去，杨过一路推敲，竟寻得茅屋一间：

> 举步入内，一瞥眼间，不由得全身一震，只见屋中陈设简陋，但洁净异常，堂上只一桌一几，此外便无别物，桌几放置的方位他却熟悉之极，竟与古墓石室中的桌椅一模一样。他也不加思量，自然而然地向右侧转去，果然是间小室，过了小室，是间较大的房间。房中床榻桌椅，全与古墓中杨过的卧室相同，只是古墓中用具大都石制，此处的却是粗木搭成。
>
> 但见室右有榻，是他幼时练功的寒玉床；室中凌空拉着一条长绳，是他练轻功时睡卧所用；窗前小小一几，是他读书写字之处。室左立着一个粗糙木橱，拉开橱门，只见橱中放着几件树皮结成的儿童衣衫，正是从前在古墓时小龙女为自己所缝制的模样。他自进室中，抚摸床几，早已泪珠盈眶，这时再也忍耐不住，眼泪扑簌簌地滚下衣衫。

令杨过大吃一惊的，自是此屋内陈设乃古墓石室的翻版，寒玉床、长绳、书几与树皮儿衫一样不差。想来小龙女能幽居深谷十六年，靠的不只是古墓派玉女功养生修炼少语少事、少喜少愁的规条，更用的是昔日包惜弱“地点复制、时间固置”的方式，以承认且否认变易的方式，活在凝止的恋物时空。

古墓自身本就结合“子宫”与“坟墓”的想象，而今小龙女在绝情谷底复制古墓，起居作息犹如昔日在古墓一般，自是谷底无岁月的时空静止之法。木橱里用树皮结成的儿童衣衫，更具体而微地表征了这种恋物凝止的心理机制，莫怪乎小龙女与杨过在劫难重重、生离死别后重聚，饱历忧患、大悲大喜的杨过早已两鬓如霜，但看在屏绝思虑欲念而容貌未变的小龙女眼中，却是温柔一句“不是老了，是我的过儿长大了”。而这变与不变、成年与孩童、时间的流逝与凝止，更在杨过因喜极忘形而跳上大树连翻筋斗时更形彰显：

> 小龙女从身边取出手帕，本来在终南山之时，杨过翻罢筋斗，笑嘻嘻地走到她身旁，小龙女总是拿手帕给他抹去额上汗水，这时见他走近，脸不红气不喘，哪里有什么汗水？但她还是拿手帕替他在额头抹了几下。

翻筋斗是杨过幼年习以为常的顽童作为，而手帕拭汗则是小龙女惯常的疼爱动作，只是昔日顽童已是今日武功精湛的神雕大侠，翻筋斗之时早以上乘轻功，在半空中矫夭腾挪，哪有汗水可拭，正如忧心悄悄、两鬓星星的中年人，哪有儿衫可试？而小龙女依旧用树皮手帕拭汗，用树皮经络织衣，都是以不变应万变的恋物凝止。

而这变与不变的奥妙，又更是《神雕》中武功与爱情间的玄学。过去在谈论武功与爱情之关联时，论者最常以《玉女心经》最后一章的双剑合璧为例，武功必须以情爱为底，必须是情意相通、未结丝萝的爱侣之间眉来眼去、心有灵犀，在亦喜亦忧、亦甜亦苦中冒死以相救，全力弥补对方的破绽。（破绽是否即是一种匮缺，而爱情武功的消弭破绽，是否亦即一种想象期的丰美圆满？）而对比于这种在武功搏击生死关头的男欢女悦，自是杨过日后“黯然销魂掌”的形单影只、形销骨立。《玉女心经》中的花前月下、抚琴按箫、小园艺菊、松下对弈，如今皆成了“黯然销魂掌”中的徘徊空谷、行尸走肉、废寝忘食、孤形只影，前者以成对圆满否认匮缺，后者则是情爱剥离后的无尽匮缺，尽皆在目。

但在这里想另辟蹊径的，倒不是爱情与武功、圆满与匮缺的对应，而是要用变与不变的辩证方式，探问武功物质性与爱情物质性的差异。就武功物质性而言，其旨在于“变”。杨过从全真教内功口诀、古墓派《玉女心经》《九阴真经》、欧阳锋蛤蟆功、洪七公打狗棒法到黄药师的弹指神通、玉箫剑法，每有奇遇便内力玄功大增。而杨过身体的物质性也随年长成人、练功、断臂等机缘而变化，甚至在性别社会化的过程中，也由原先阴柔妩媚的美女拳过渡到独孤求败既钝且拙的玄铁剑。但相对于武功而言，爱情的物质性基础却是强调历久弥新的“不变”，鸳鸯灿然如新、红花花红欲滴，会坏会旧的绣鞋“木乃伊化”为翡翠不坏之身，而会烂会破的衣衫也“古墓化”为树皮儿衫。天若有情天亦老，地若有情地亦荒，难不成恋物凝止便是在有情天地间寻天荒地老的唯一方式？

以上有关《射雕》《神雕》二书中物事与叙事、爱情与恋物间的纠缠，由靖康短剑、杨家铁枪谈到了鸳鸯锦帕、红花锦帕、翡翠小鞋与树皮儿衫，间接牵连出箭头髀石、汗血宝马、银刀药瓶、白玉手环、锦缎围涎、人皮真经、锦袍断袖、荷包秀发、刺字金带等诸多物事，但就二书中可能之礼物、信物、证物的各式例证，确有未尽详数之处。像洪七公以“打狗棒法”与打狗棒传黄蓉，杨过以三根玉蜂针赠郭襄及在其生日宴会上所赠之三件厚礼，王重阳与林朝英的书信、礼物往来与化情为功、以功喻情的心意，或是书中所载各种传师授徒、承续衣钵的江湖因缘，虽未能一一细部论述，但大抵不脱礼物交易、武侠叙事、兄弟缔盟、男女鸳配的讨论模式。

而就文中有限拣选的几件礼物、信物与证物而言，历史、记忆与欲望皆物质化为物件，事件本身的“不可重复”，却转化为物件本身的“可被叙述”与“可被携带”。随身携带的历史，眼见为凭的记忆，与化为触手可及之物的欲望，爱情物质论与武侠恋物学的虚实真幻尽皆在此。而在我们手中“抚摸把玩”的《射雕》

《神雕》二书，是否也是后设形式上的一种礼物、信物与证物呢？书前尽皆以诗画碑帖、陶瓷木俑等古物照片彰显历史，是否也是一种化物事为叙事的边界恋物书写呢？恋物癖、偷窃癖又与历史癖、考据癖有何别何异呢？《射雕》《神雕》二书，既可是具使用价值、交换价值与符号价值的商品，在书市、传媒、网络与学术会议之中流通，也可是具情感价值的恋物，承载成长记忆与欲望投射。入痴武侠奇情，纵横文史趣言，难不成问“金庸”情是何物的初衷，竟也是恋物化“金庸”的始末？

问世间，“金庸”是何物？

# 后记：情人的绒线衫

小时候就爱唱的一首歌，叫《情人的黄衬衫》，听男歌星唱过，也听女歌星唱过，但从来也没真正弄清楚歌词里的情人，究竟是他还是她。

衬衫男女皆可穿，男声女声也仿佛可以轻易性别越界，但异性恋霸权的欲望结构，总是如此清楚了当地让我们在听到男歌星唱时，便自动设定为“她”，听到女歌星唱时，便重新设定是“他”，红男绿女，天经地义，毫无窒碍或片刻犹豫。

所以最初读到张爱玲《红玫瑰与白玫瑰》时，看娇蕊悄悄一人贴着振保的大衣，点燃他留在景泰蓝烟灰盘子上吸残的烟，心里想这不就是小时候爱唱的《情人的黄衬衫》吗？穿在情人身上的黄衬衫美丽大方，留在屋里的情人大衣一样烟味氤氲、悱恻缠绵。那时除了依旧爱唱歌外，也读了些精神分析的理论，知道那叫“恋物”。那时已开始嫌弃爱屋及乌的俗气表达，学会了时髦的夹杠新词“转喻毗邻”。

直到读了张爱玲的《同学少年都不贱》，才惊觉“情人的黄衬衫”真是无所不在啊。男孩气的赫素容，爱穿敞着襟的咖啡色绒线衫，同校暗恋她的赵珏一日发现这件绒线衫就挂在宿舍走廊晒太阳，“四顾无人，她轻轻地拉着一只袖口，贴在面颊上，依恋了一会”。难不成又是一件“情人的黄衬衫”？只是这回“她”与“她”都是女校里的学生。

但说来说去，“情人的黄衬衫”所提供的，总都还是“恋物”的唯美浪漫版，“愿在衣而为领，承华首之余芳”“愿在裳而为带，束窈窕之纤身”古来有之，但要从婉转幽微的情思表达，曲曲折折对肌肤之亲的想望，直接转换成依恋或抚摩着情人穿过或留有余温气味的衣裳，还是有段相当的距离。但《同学少年都不贱》中最骇人的“恋物”不是绒线衫，而是抽水马桶座。一日赵珏瞥见赫素容上厕所，伺机在外，等她出来后偷偷钻进她刚用过的那一间，“微温的旧木果然干燥”，只是怕被发现的恐惧打乱了“这间接的肌肤之亲的温馨”。

张爱玲果然不同凡响，深谙“恋物”个中三昧。以前读罗兰·巴特《恋人絮语》，看他描述少年维特的“恋物”行止时，就已觉匪夷所思。维特深情亲吻夏绿蒂送的绸带，亲吻夏绿蒂写的信，亲吻夏绿蒂碰过的手枪；维特甚至冲动地想要亲吻仆人的头，只因仆人刚替他送信回来，而夏绿蒂的目光必曾短暂停留在仆人的头上。“所有被恋人身体触碰过的对象，都变成了恋人身体的一部分，而主体便盲头盲脑地贴着依附。”看来张爱玲与歌德、巴特都不遑多让，只是维特—夏绿蒂男女配，赵珏—赫素容女女配。

《城市是件花衣裳》便是这样一本“变态”的书，从情人的黄衬衫到抽水马桶座都有，不忌不讳。“恋物”之为“变态”是弗洛伊德说的，不是我说的。弗洛伊德把所有非正常异性恋性交、不导向生殖的性欲，都称为“变态”，原本只指歧路岔出、背离正途的perversion，被翻译成中文“变态”后，当是立即充满道德价值判断的指责与不屑。但转个身来说，“变态”也可以是“变易正常之态”，但这是我说的，不是弗洛伊德说的。《城市是件花衣裳》的雅俗不分、荤腥不忌，正是要去挑战正经八百的学术正统，去颠覆道貌岸然的正规常轨，让“变”成为动词，让“变”去翻天覆地，水淹金山寺，以便能够重新想象、重新创造学术研究的可能歧径与奇境。

书中的三位“大家”分别是张爱玲、鲁迅与金庸，但私心偏爱所致，张爱玲相关的篇幅远远超过鲁迅与金庸。二〇一七年六月初苏州大学的季进教授在香港会议后向我邀稿，虽说是好友的盛情难拒，却又自知疏懒成性，视写过的论文如旧日分手的情人，苦回首难再聚。但终究还是被“大家读大家”的书系名称所深深吸引，左一个大家，右一个大家，叠词成了左右相对的镜像，中间凹折的是作为动词的读。心想，这年头谁是大家，谁又不是大家？大家既可以指卓然有成的大师级人物，大家也可以指市井小民、芸芸众生。为方便之故，以下暂时将卓然有成的“大家”放入引号特别标示，没加引号的大家就泛指一般大众。四种可能的排列组合如是成焉：

一、“大家”读“大家”：这恐怕是书系命名的最初设定，要让卓然有成的学术“大家”来阅读分析卓然有成的文学“大家”，高手出招，高手接招，一霎时高来高去，好不热闹。

二、大家读“大家”：既然要让大家都能好好阅读“大家”，那除了“大家”作为经典的推广外，更是经典的通俗化、大众化、亲民化，用平易近人的语言，拉近“大家”与大家的距离。

三、“大家”读大家：“大家”之所以卓然成家、蔚为“大家”，往往正是因为其思想与写作贴近俗民百姓，套句张爱玲的话说，就是“从柴米油盐、肥皂、水与太阳之中去找寻实际的人生”。

四、大家读大家：“大家”本就是大家中的一分子，左边不加引号的大家与右边不加引号的大家，一起手拉手，平起平坐，实践真正的平等，不论有名没名、有分没分。

平心而论，这四种排列组合彼此并不相斥，而往往若能兼顾四者，或维持住四者之间的暧昧张力，不失为上上之策。但我必须诚实以告，上述的第二、三、四项组合，不论成果如何，我努力以赴，但对头一桩第一项的“大家”读“大家”却敬谢不敏。原因有二，首先我不是“大家”，这不只是掂掂斤两，自知上不了“大家”的台面，或谦虚客套，恳辞“大家”的称号，而是“大家”所默认的顶级知识精英层级，不正是女性主义者揭竿而起的头号攻击对象吗？身在学院反精英，本就是一个叫人坐立难安的尴尬位置，但过去几十年来，不也一路走来跌跌撞撞，学习在这种不安与尴尬之中越挫越勇吗？

而第一项任务的使命难达，除了我不是“大家”的理由外，另一个理由乃是“大家”也可以不是“大家”。张爱玲、鲁迅、金庸的组合说奇怪也不奇怪，一方面此三人乃是当前华文世界中最广为人知、最畅销的作家，另一方面此三人又最能标示出当代文学研究雅俗的光谱，鲁迅在最经典的这一边，金庸在最通俗的那一边，而张爱玲夹在中间就算是雅俗共赏，却也同时让她在现当代文学史中的地位飘忽暧昧，这厢被“包括在内”，那厢又被“排除在外”。故本书所亟于尝试与展示的“歪读”，就是这般没大没小，调侃正典，牵成恶俗，一会把放在神龛中的“大家”请下来，展示偶像的黏土脚，一会把变态的“恋物”配搭玄妙高深的文学理论，忽高忽低，雅中有俗，一心只想“物”打“物”撞出一整个邪魔歪道的文学混沌宇宙。

全书共分成八个主要章节。第一章《恋物张爱玲》开宗明义摆出“恋物”理论的大阵仗，尝试在张爱玲的文学文本里找出对应的描写，从头发、指甲、橱窗、衣柜到织锦缎夹袍，以便能够牵肠挂肚、绘声绘影我们的张爱玲。第二章《女女相见欢》企图打破张爱玲笔下爱情传奇的“异性恋预设”，旁敲侧击出可能游走逃逸的“怪胎情欲”空间，不再是异性恋 / 同性爱稳当的二元对立，而是有女同车、与女偕老的暧昧情愫。第三章《两种衣架子》尝试区分前现代衣架子的“虚—墟”与现代衣架子的“实—时”，以此爬梳身处新旧交替时代的张爱玲，如何带出性别—身体—上海城市现代性的交织，如何以“时尚”贯穿其生活实践、美学风格与生命哲学。

有别于首三章清楚聚焦于张爱玲的文学与生命文本，接下来的三章则以张爱玲为出发点，绕道其他当代女性小说文本与文学改编电影中，串门子话家常。第四章《城市是件花衣裳》以张爱玲那件“遍体森森然飘飘欲仙”的广东土布上衣开场，带入朱天文的《世纪末的华丽》与朱天心的《古都》，游走在上海、台北、京都的街头，要从“皮肤情欲”谈“城市体感”，排比身体的穿衣打扮与城市的穿街走巷。第五章《幽冥海上花》不谈张爱玲汉语译注的《海上花列传》，而谈侯孝贤据此拍摄而成的《海上花》电影，展开对电影服装道具的“微物”与“唯物”探索，并聚焦于彼时时髦倌人裙子上的蕾丝荷叶边，探讨其如何成为历史鬼魅空间的“边界恋物”。

全书的最后三章，则进入到另两位“大家”鲁迅与金庸的世界。第六章《歪读〈阿Q正传〉》追本溯源Q字中那条可爱的小辫子，看看原被用来“象形”的Q，如何歪打正着到英文的Queue，其发音如何好巧不巧就是Q，其字义如何好死不死就是“辫发”。一个不经意的Q却彻彻底底让形、音、义三合一，既是视觉上的小辫子，也是声音上的小辫子，更是意义上的小辫子，如何不教人叹为观止。而谈完了《阿Q正传》里的发式大观，第七章《鲁迅的头发》则甘冒大不韪直接探讨鲁迅的“毛病”，毛发之病。十九世纪末中国人身体耻辱的象征，男人在头，女人在脚，但男人的辫发可以直接联结到剪去辫发的变法革命，而女人的缠足却万劫不复于封建恋物的鄙贱恶俗，然有没有一种可能，我们用“恋物”不谈缠足谈辫发，去看那剪不断理还乱的辫发，如何成为鲁迅笔下最阴魂不散的文字谜。第八章《问金庸情是何物》则意欲铺陈武侠小说中“情”与“物”的关联，透过金庸的《射雕英雄传》与《神雕侠侣》，展开“爱情唯物论”与“武侠恋物学”的你侬我侬，纵情在靖康短剑、杨家铁枪、鸳鸯锦帕、红花锦帕、翡翠小鞋、树皮儿衫间留恋徘徊。

虽说书中所收多篇论文成文甚早，但最后仍决定保持当初发表时的样貌，不做积极的修订与扩增，就当作是学术历程中时间轨迹的见证。但《恋物张爱玲》与《女女相见欢》这头两章最是让我放心不下。《恋物张爱玲》的初稿发表于张爱玲过世未满一年之际，彼时张爱玲那一箱箱书籍、手稿、证件、衣服、眼镜、口红、拖鞋、假发、假牙等遗物，尚未被众人所知，更遑论日后备受争议的大型展出。《恋物张爱玲》一文只处理了张爱玲文学文本中的“恋物”，却未能处理张爱玲“遗物”如何变成“恋物”与“拒物”的可能，这绝对是日后可再接再厉的研究方向。而《女女相见欢》成稿于张爱玲过世未满两周年之际，虽然处理了张爱玲《相见欢》《双声》《不幸的她》等文本，但彼时《同学少年都不贱》等遗稿皆尚未问世，未能一并讨论，但文中所凸显“情境式女同性恋”的吊诡，当可与目前以“浪漫爱”“同性爱”“同性情谊”等角度来谈论《同学少年都不贱》的批评文章，展开更多“怪胎情欲化”的想象对话。

本书就是要怪胎化“大家”，让“大家”也跟大家一样穿衣吃饭，一样谈情说爱，一样牵肠挂肚，一样能有一时半刻排排坐、吃果果的热闹，而其怪胎化“大家”的最主要法宝，就是以“恋物”来东家长、西家短，让“大家”都成了恋衣狂、恋发狂、恋物狂，在微小对象与琐碎细节中，看到所有大叙事的内里。而真正内翻外转的，不是锦绣文章，是殷切期盼所谓的学术专书也能有一时半刻小报的耸动、情书的缠绵，或者冒充成一本张爱玲最爱的“俗气的巴黎时装报告”，那该有多好。